마스터 K 17

김광수 현대 판타지 장편 소설

초판 1쇄 찍은 날 § 2013년 11월 25일
초판 1쇄 펴낸 날 § 2013년 12월 2일

지은이 § 김광수
펴낸이 § 서경석

편집부장 § 권태완
편집책임 § 어정원

펴낸곳 § 도서출판 청어람
등록번호 § 제1081-1-89호
등록일자 § 1999. 5. 31
어람번호 § 제1-1720호

주소 § 경기도 부천시 원미구 심곡2동 163-2 서경B/D 3F (우) 420—822
전화 § 032-656-4452 팩스 § 032-656-4453
http://www.chungeoram.com
E-mail § chungeorambook@daum.net

ISBN 978-89-251-3582-3 04810
ISBN 978-89-251-3073-6 (세트)

마스터 K

17

김광수 현대 판타지 장편 소설

FUSION FANTASTIC STORY

CONTENTS

제1장
착한 짓을 한 그 누구

'니들이 아주 무덤을 파는구나.'

역시 사람 새끼들은 아니었다.

지들끼리 서로 위한답시고 나에게 달려들었던 자들.

그들을 향해 멀리서 지켜보던 조직원들이 총구를 겨눴다.

개새끼들이다.

약간의 거리가 있긴 했지만 느껴졌다.

농축된 살기.

나를 향해 10여 개의 총구가 거리를 좁히고 있었다.

좌락.

나는 서둘러 호주머니에 손을 넣었다.

한 번 당했지, 두 번은 당하지 않는다.

그 한 번으로 나의 3년 인생이 설악산에서 썩었다.

물론 총질에 눌려 목숨이 날아갈 뻔한 상황 덕에 다시 설악산에 들어갔고 이런 비기를 익혀 나올 수 있었지만, 절대 두 번은 당하지 않는다.

양 도사가 전수해 준 비기.

천하의 설악산 큰도사의 제자가 총구에 대가리가 받친 채 무릎을 꿇었다고 얼마나 구박을 받으며 익혔던가.

제대로 써먹을 판이다.

"쏴버려!!"

임달수의 목소리가 소란스러움을 밀어내고 나의 귓구멍을 파고들어 왔다.

'그래! 쏴라, 쏴!'

다시 총을 대면하게 돼 살짝 두렵기도 했다.

하지만 대책없이 당했던 3년 전의 내가 아니었다.

게다가 나를 협박할 만한 인질도 없었다.

"탓!"

몽둥이를 휘두르며 바람을 탔다.

그러는 사이 자연스럽게 내공을 끌어올렸다.

쇗!

바지춤에서 꺼낸 물건을 손에 쥐고 힘껏 뿌렸다.

나를 향해 총구를 겨누고 있는 놈들을 정확하게 겨냥한 채 말이다.

피이이이잉!

공간과 공간을 가르며 쏟아진 물체들이 만들어내는 날카로운 파공음.

퍽!

퍼버버버버버벅!

"크아아악!"

"아악!!!"

픽!

피빅!

타앙!

즉시 비명을 지르며 총질을 하려 자세를 잡고 있던 깡패들.

순식간에 비명과 함께 자세가 흐트러지더니 뒤로 나자빠졌다.

게다가 몇 명은 넘어지다 동료들을 향해 방아쇠를 당겼다.

"켁!"

"컥······."

총 들고 설치던 놈들 덕에 몇 명이 바닥에 고꾸라졌다.

"허어억!"

순식간에 10여 명이나 되던 총잡이가 영문도 모른 채 나자빠지자 3인의 보스는 넋이 나갔다.

'이제 엔딩 신 좀 찍어볼까.'

끝이 좀 싱겁게 끝나고 있었다.

시간이 부족한 상황.

강 부장의 대포 폰을 사용해 정아람 기자에게 문자를 전송해 놓았다.

미련한 사람이 아니니 알아서 움직일 것이라 생각했다.

경찰을 한 트럭 싣고 분명 이곳으로 오고 있을 것이다.

그 전에 쓰레기를 치워야 한다.

기회가 된다면 정신 개조까지 감행할 작정이다.

휘이익!

퍼어억!

"켁!"

"으아아아아!"

"흐읍!"

주춤주춤.

한바탕 신나게 몽둥이를 휘두르고 나자 얼추 정리가 되

었다.

곧 개다리 춤이라도 선보일 것처럼 다리를 흔들며 서 있던 나머지 조직원들이 우수수 비명을 질러댔다.

밥 먹고 하는 짓들이 사시미 들고 들이대는 일이었던 깡패들.

몽둥이질 한 번에 팔이 부러뜨려지고 아구창이 나가는 것을 보고 있자니 공포가 엄습했을 것이다.

"무, 무슨 짓을 한 거야!"

그리고 결전의 한 수로 남겼을 총질.

믿었던 총잡이까지 뒤로 나자빠져 대가리에서 피가 흐르자 게거품을 푼 임달수가 악을 썼다.

"뭐긴 뭐야. 동전치기 몰라? 500원짜리 안 던진 걸 다행으로 알아."

주머니 안에 준비해 온 동전들.

설악산에 도착하자마자 양 도사가 투척의 비기라며 알려준 방법이었다.

"당신들은 사실 100원짜리도 아까워. 50원짜리 구하기가 애매해서 그냥 쓴 거야."

물체에 내공을 담아 내던지며 총알보다 빠르고 정확하게 목표점을 맞힐 수 있는 투도술.

장생신선술 상위 버전으로 나무, 돌멩이, 동전 등을 대체

해 쓸 수 있다.

비법을 쓰려는 사람이 갖고 있는 내공에 비례한 파괴력을 보인다.

어둠을 가르며 던진 백 원짜리 동전이 총잡이들의 마빡과 복부, 어깨 등을 가격했다.

"크으으……."

"으아아아악!!!"

마치 비올까 싶어 나왔다가 강한 태양을 만난 아스팔트 위의 지렁이처럼 꿈틀거렸다.

"뭐, 뭐냐. 너 정체가 뭐냔 말이야!!"

나에게 접수된 정보에 의하면 강동파 보스 이정문으로 추정되는 자가 이성을 잃은 듯 버럭거렸다.

"이 양반들이 안에서 까마귀 고기를 드시고 나왔나. 도대체 몇 번을 말해줘. 염라국에서 강화도에 쓰레기 한 차 폈다고 해서 정리하러 온 조교라고!! 죽어서 똥물에 100년 숙성당할 걸 50프로 할인해 주려고 온 거야. 죽어서 염라대왕 앞에 가거든 납작 엎드려 삼천배 정도는 올려 드려."

오늘 밤은 서로 입장 보거나 용서 따위가 필요없었다.

이영식 회장의 계획 속에 내가 들어온 것이지만 결국 내가 해결해야 할 남은 과제이기도 했던 오늘의 일.

계산을 미룬다 해도 이자만 세질 뿐, 어떤 형태로든 값을 감해 줄 만한 자들은 못되는 악질들이다.

내가 정의의 사자는 아니지만 당장 내가 떠난 후 남게 될 주변 사람들의 안위를 위해서라도 필요한 과정인 것이다.

"개놈의 새끼, 어디서 주둥이를⋯⋯."

"어이~ 당철용, 잠깐 기다려. 당신하고 저기 임달수는 내가 계산할 게 따로 있으니까."

"⋯⋯."

분위기는 완전히 나에게 넘어와 있었다.

"거기, 그냥 알아서 누울 건지 몇 대 맞고 누울 건지 생각해 봐. 선택권은 줄 테니까."

생략하고 갈 수 있는 건 건너뛰는 게 시간상 유리했다.

이미 쫄 대로 쫄아 옆집 똥개처럼 웅크리고 있는 조직원들.

겉으로 봐서는 덩치 좋고 당장 나를 조질 것처럼 보였지만 풍기는 기로는 게임 오버였다.

전의를 상실한 병사 같은 분위기.

지금 이 순간은 풀 뜯어 먹고 살 것 같은 염소 새끼처럼 보이지만 다시 사회에 나가면 늑대 새끼로 돌변할 놈들이었다.

'뽑는 김에 다 뽑아버리자.'

앞서 처리한 놈들은 최소 반 년은 거동이 불편할 것이다.

혈맥까지 손보지 않았어도 중요 부위 등이 골절된 상태다.

그리고 얼추 상황이 정리되면 다들 몇 군데 혈맥은 다 눌러놓을 생각이다.

남은 일생 여전히 깡패짓 하는 것보다 훨씬 나은 삶의 기회가 주어질 것이리라.

"뭐해, 새끼들아! 조지라고 조져!!!"

상황이 분리하게 돌아가고 있음을 눈으로 보면서도 조직원들을 까는 당철용.

한 개인의 자존심이 무수한 조직원들의 목숨을 똥 닦은 휴지 버리듯 쓰고 있었다.

정확하게 손가락을 나를 가리키며 악을 썼다.

"……."

하지만 그 누구도 움직이지 않았다.

머리를 장식을 달고 다니지 않는 한 두 눈으로 분명하게 본 광경.

어떻게 행동해야 하는지 정도의 답은 안 것이다.

"자~ 이제 마무리 들어갑니다~"

휘릭.

주춤거리는 조직원들의 모습을 확인한 후 나는 들고 있던 몽둥이를 던졌다.

우두둑.

맨손을 깍지 끼고 관절을 꺾었다.

본격적으로 손을 보기 전에 손을 풀었다.

터엇!

재빨리 자리를 박찼다.

"죽어!!!"

탕!

거의 동시에 총소리가 귀를 울렸다.

임달수다.

품에 품고 있던 총을 꺼내 발사한 것이다.

나름 틈을 노리고 꼼수를 부렸지만 나의 눈을 피해갈 수는 없었다.

임달수가 굴리는 머리는 양 도사 수준에 비하면 기초 단계.

6년 동안의 설악산 생활을 왜 고행이라고 말하는지 모를 임달수는 나에게 어림도 없었다.

'넌 특별히 더 신경을 써주마.'

핑!

임달수가 내뻗은 총구를 확인하고 있었기에 총알은 가볍게 피했다.

휘익.

주먹을 쥔 채 그대로 땅을 박차고 거리를 좁히며 내달렸다.

아무리 기관총을 든 사수가 나를 겨냥하고 있다 해도 목표물을 정하는 눈은 사람의 시력.

나의 움직임을 좇아 정확하게 맞힌다는 것은 어려웠다.

가능한 한 사람을 꼽으라 한다면 양 도사 정도 돼야 나를 잡아채 팰 수 있을 것이다.

아무래도 지금 나의 실력은 양 도사만큼의 역량을 좇기는 사실상 역부족이니까 말이다.

뻐억!

콰당.

"켁!"

"으으……."

광경을 모두 지켜본 사철파의 강 부장.

숨도 제대로 쉬지 못한 채 참았던 신음을 이제야 흘렸다.

조직원들이 총을 꺼내 들고 위협하는 상황에서 아랑곳하지 않고 도발을 계속한 강민.

급기야 영화의 한 장면처럼 총알을 피하고 주먹을 뻗어 임달수의 아갈창을 날렸다.

천하의 독불장군처럼 인천을 휘저으며 군림해 왔던 임

달수.

강민의 한 방에 우수수 옥수수 털리듯 피 묻은 치아가 몇 알 뿌려지는가 싶더니 개구리 뻗듯 바닥에 드러누웠다.

그가 누구인가.

수도권에서도 알짜배기로 꼽는 인천과 수원, 평택까지 접수해 한 입에 털어 넣은 자다.

정치권보다 재계와의 거래를 더 꼼꼼하게 챙기는 실력자 임달수.

이 바닥에서는 피도 눈물도 없는 잔인한 자로 이름을 날리던 그가 피떡이 돼 실신했다.

그것도 단말마의 비명만 토하고 땅바닥에 머리를 처박은 채 온몸을 꿈틀거리고 있다.

실제 현장까지는 거리가 있었지만 그 정도는 분간할 수가 있었다.

"이게 과연 가능한 일인가, 이건……."

처음부터 하나도 빠뜨리지 않고 지켜봤던 강 부장.

젊은 친구 송장 하나 치우고 가자는 마음으로 괴롭게 시간을 맞이했다.

그러나 상상을 초월하는 일이 벌어졌다.

괴롭던 자신의 심정과는 전혀 상관없이 돌아간 현장의 모습.

지켜보는 내내 커진 것은 타 조직원들에 대한 애처로움
이었다.

강민에 대한 걱정은 온데간데없고, 보스를 잘못 만나 아
까운 청춘에 나자빠지는 조직원들.

잔인하고 무자비한 조직원들의 모습도 보스의 말 한마디
에 복종해야 하는 조직 생활 생리 때문이지 않겠는가.

오늘 확인한 사건으로 다구리에 장사 없다는 조폭들의
명언이 설득력을 잃게 된 것만은 분명했다.

"꿇어~"

임달수가 나자빠진 것을 보고 입가에 미소까지 지으며
입을 열었다.

거의 명령하다시피 들려오는 강민의 한마디.

"네, 네놈이……."

퍼억!

"꺼억!"

인정하고 싶지 않은 듯 눈을 부라리며 강민을 향해 손가
락질을 하는 당철용.

자존심이 손가락 끝에서 바들바들 떨고 있었다.

강남을 주름잡는 다산파의 당철용.

사철파의 강 부장도 이런 모습은 처음 대면하고 있었다.

당철용은 가차없이 내뻗은 강민의 주먹에 그대로 허리가

90도로 꺾이며 배를 움켜쥐었다.

복부를 제대로 가격당한 듯했다.

꺾인 허리를 펴지 못하는 당철용.

"우웩, 우웩……."

후두둑.

급기야 허리를 숙인 채 위장에 담긴 음식물들을 쏟아내 순식간에 바닥이 토한 오물로 뒤덮였다.

퍽!

그때 강민이 다시 한 번 당철용의 등을 발길질로 내리찍었다.

당철용이 그대로 바닥을 향해 머리를 박으며 꼬꾸라졌다.

철퍼덕.

"꺼억… 꺽……."

그 광경을 지켜보던 강 부장은 고개를 돌렸다.

차마 볼 수 없는 장면.

강 부장은 상상만으로도 속이 뒤집어지며 위액까지 쏟아질 것 같은 자신의 입을 틀어막았다.

당철용은 쏟아놓은 오물에 얼굴을 처박고 숨을 꺽꺽거리며 옆으로 뒹굴었다.

"우웩… 우웩……."

강 부장이 현장을 다시 확인했을 때 당철용의 얼굴은 말이 아니었다.

"말이 안 된다……."

임달수가 당한 수모는 약과에 불과했다.

사철파의 조직원 모두가 나선다 해도 이 같은 장면은 연출할 수 없었다.

당철용과 임달수가 어떤 인물인가.

당철용은 강남의 반을 지배하는 밤의 황제다.

대한민국 넘버 원투의 조직을 주무르고 있는 조직계의 큰손들이다.

휘하에만 해도 수백 명이 넘는 조직원들을 보유하고 있었다.

또 그들과 연줄이 닿아 있는 정재계 인사들만 해도 수두룩했다.

그랬던 이들이 강민의 손에 술 취한 개 꼴이 되었다.

강 부장 역시 두 눈을 지켜보지 않았다면 믿을 수 없었을 것이다.

"그러게 좋은 말로 할 때 들었으면 좋잖아."

웅크린 채 옆으로 누운 당철용의 머리를 앞발로 건들며 내려다보던 강민이 말했다.

차분하면서도 사람 속을 박박 긁는 묘한 뉘앙스의 말투

였다.

"아플 거다. 너도 사람이잖아. 네놈이나 네 똘마니들이 한 짓에 비하면 새 발의 피지만 직접 당했으니 기분 엿 같을 거다."

임달수만큼은 아니었지만 당철용 역시 사람을 죽이고 병신으로 만들었던 인물이다.

대한민국에서 발생하는 한 해 미해결로 남는 수십 건의 사건들 중 절반은 당철용과 임달수의 솜씨였다.

"누, 누구십니까!"

'이정문…….'

강동파의 이정문이다.

아직 고개를 빳빳이 들고 지켜보던 조직원들의 눈이 있는 상황.

존칭까지 쓸 정도로 정신이 나가 있는 상태였다.

이대로라면 이정문은 끝이었다.

여기서 목숨을 부지하고 살아남는다 해도 임달수와 당철용보다 못한 처지의 꼴을 당하게 된다.

조직의 보스가 이렇게 나오면 휘하 조직원들도 개값이 된다.

죽어도 상대의 어깨 밑으로 고개를 숙여서는 안 되는 것이었다.

자존심과 조폭 명예를 저버린 보스는 더 이상 보스가 아닌 것이다.

　아무리 돈이 우선하는 시대이며 의리가 봄눈처럼 녹아 사라져 버린 조직 세계라도 달라지지 않는 것이 있었다.

　그게 바로 자존심.

　이정문은 그 한계선을 넘어버린 것이다.

　스스로 강동파의 보스 자리를 걷어차고 있으며 박탈하고 있었다.

　"강동파의 보스 이정문 회장님."

　강민이 살짝 고개를 숙인 채 눈을 치뜨며 이정문을 정면으로 노려보았다.

　움찔.

　"……"

　"오늘 이 시간 이후부터 손 털고 살 수 있게 도와드리죠."

　"그, 그게 무슨……."

　턱!

　터더덕!

　"크헉!"

　바르르 떨며 다시 묻던 이정문을 향해 강민이 주먹을 날렸다.

순식간에 십여 차례 이정문의 몸을 가볍게 후려치는 강민.

털썩.

강 부장의 눈에 그렇게 세게 치는 것 같지 않았다.

하지만 몸 이곳저곳을 몇 대 얻어맞은 이정문의 상태는 심각해 보였다.

그대로 무릎을 꿇고 땅바닥에 쓰러져 버린 것이다.

'뭐, 뭐지?'

놓치지 않고 지켜보던 강 부장도 당황스러웠다.

쓰러질 정도로 강하게 쳤다면 이해가 됐지만 전혀 그렇게 보이지 않았다.

가볍게 툭툭 쳤다.

그 정도로 사람이 쓰러지는 경우는 없다.

"어이, 형씨들~ 빨리 끝냅시다. 먼저 맞는 사람은 단기로 끊겠습니다~ 딱 1년짜리로 해줄 테니 빨리 와요."

"……."

3인의 보스가 눈앞에서 당했다.

멀쩡하게 서 있긴 했지만 조직원들의 정신은 패닉 상태였다.

"선착순인데 관심들 없나 봅니다~ 그럼 뭐 찾아가는 서비스도 가능하니까."

터억.

말이 끝나기가 무섭게 총알처럼 튀어나가는 강민.

터더더덕!

"으악!"

"크아아악!"

눈 깜짝할 사이에 벌어진 일이다.

나름 방어를 하는 조직원들을 가볍게 제압했다.

이정문에게 가했던 주먹질보다 약간 강도가 있어 보였다.

조직원들의 팔다리를 중심으로 몸뚱이까지 친절하게 주먹질해 가는 강민의 움직임.

퍼억!

퍼버벅.

몇몇씩 모여 서 있던 조직원들이 묶인 짚단처럼 쓰러졌다.

"도대체… 저게 뭐란 말인가…….."

정황을 모두 지켜본 유일한 목격자는 사철파의 강 부장이 유일한 상황.

시선을 떼지 못한 채 지켜보고 있는데 강민의 손이 쓰러져 있는 조직원들을 더듬거렸다.

"크아아아악!"

그리고 이어지는 조직원들의 비명 소리.

아직 끝나지 않았던 것이다.

부르르.

이제는 강 부장마저도 온몸에 한기가 느껴질 정도로 공포를 느끼고 있었다.

이영식 회장의 안목을 다시 한 번 몸소 체험하고 있었다.

강민과 적으로 맞서지 않고 있는 이 순간.

순간 퍼뜩 스치는 것이었지만 온몸에 기운이 다 빠져나가는 듯했다.

삐뽀삐뽀.

끼이이이익.

"사방으로 포위해!"

타다다닥.

평소에도 자주 연락을 취하며 지냈던 조국일보의 정아람 기자.

그녀로부터 갑자기 들어온 제보에 강남 서부 경찰서 강력팀은 갑자기 분주해졌다.

제보에 의하면 관할 내 사건은 아니었다.

하지만 최근 수사에 들어간 납치 사건의 용의자가 다름 아닌 다산파 조직원과 그 보스.

착한 짓을 한 그 누구 27

그들을 추적하고 있었던 강남 서부 경찰서 강력반은 정아람이 받았다는 제보대로 강화도까지 출동했다.

한 통의 문자에 불과했지만 거짓 정보가 아니라는 것에 더 무게를 두고 강화 경찰서 기동타격대와 전투 경찰 지원을 요청했다.

"헉!"

"이, 이건 뭐야!"

속속 도착하기 시작한 승합차와 버스들.

펜션 앞마당 쪽으로 몰리는 경찰들과 의경들은 자신들의 눈을 의심했다.

척 봐도 외진 곳에 자리한 아담한 펜션.

사방에서 포위한 채 거리를 좁혀오던 그들의 눈에는 믿을 수 없는 광경이 펼쳐져 있었다.

"악~!!"

막 강남 경찰서 강력팀과 함께 차에서 내린 정아람이 비명을 질렀다.

"와, 완전 떡 됐군."

"이 새끼들 진짜 미친 거 아냐?"

조폭들이 쌈질한 현장에 한두 번 가본 강력반 팀원들이 아니었다.

하지만 그들마저도 어이없다는 반응을 보였다.

이건 완전 쑥대밭이 따로 없었다.

덩치 좋은 깡패들이 흡사 사나운 흑곰을 때려눕혀 놓은 듯 뒹굴거나 박박 기고 있었다.

그들에 손에 혹은 옆으로는 사시미에 몽둥이, 심지어 총기까지 보였다.

"으으……."

"사, 살려주세요……."

평소 시내 한복판에서 멀쩡한 꼬락서니로 마주쳤다가는 시건방을 떨며 시비를 걸었을 깡패들.

험상궂은 인상을 쓰며 위협적으로 다가왔을 자들이 내려다보는 형사들을 향해 손을 뻗고 있었다.

몰골이 가관이 아니었다.

너덜너덜 찢어진 옷을 그대로 걸치고 있는 놈부터 피범벅이 된 놈들까지.

심지어 팔다리가 꺾여 사지가 덜렁거리는 놈들도 있었다.

상황이 어이없는 것도 사실이었지만 차라리 현장의 상태는 공포스러움에 가까웠다.

"현장 하나도 놓치지 말고 찍어. 총기들이랑 증거품들 모조리 압수하고!!"

최근에야 무궁화 두 개를 달고 팀장으로 승진한 유영수

팀장이 소리쳤다.

"119에 연락 넣어야죠."

"그래, 강화도 119에도 넣어. 차량이 부족할 것 같으니까 숫자 파악해서 정확하게 알려줘!"

"알겠습니다."

생각보다 심각한 펜션 주변의 상황에 유 팀장의 얼굴이 일그러졌다.

척 봐도 인천과 강남 간의 조직들이 크게 부딪힌 것으로 보였다.

조직들 간의 칼질이야 과거에도 종종 있었지만 2000년대에 들어서는 알아서들 조심해 거의 볼 수가 없었다.

정보망이 넓어지고 통신망이 좋아지다 보니 조직들도 아무 때나 쉽게 붙지 못했다.

과거 같지 않게 여론에 불이 붙기 시작하면 자신들만 손해라는 것을 알기에 서로들 몸을 사렸다.

그런데 오늘 그간에 없었던 대참사가 벌어졌다.

잠잠하던 조직폭력배들이 대놓고 혈투를 벌인 것.

팟! 팟! 파팟!

"실감나게 찍어!"

"넵! 대리님!"

사진기자까지 대동하고 온 정아람이 사진을 찍어댔다.

"정 기자! 적당히 찍어!"

핸드폰으로 날아든 정보를 경찰 측에 제보할 때 타 언론사는 배제하고 현장을 독점으로 취재하겠다고 한 정아람.

"팀장님 일이나 보세요."

비명을 지르며 뒷걸음칠 때가 언제였나 싶게 쓰러진 조직원들 사이를 헤집고 다녔다.

"여기 총도 찍어. 실감나게 찍어. 알았지?"

팢팢!

조폭들의 총기 사용까지 언론을 타게 되면 이번 기사도 대박 중의 대박이었다.

더하고 뺄 것도 없이 처절했을 조폭들 간의 혈투.

국민들은 불안에 떨며 정치인들을 볶을 것이다.

그렇게 되면 정부는 대대적인 조직폭력배 소탕 작전을 펼칠 수밖에 없다.

때가 되면 한 번씩 필요한 일이다.

법의 보호망을 교묘하게 이용해 음지에서도 잘 서식하고 있는 자들.

이번 기회에 뜨거운 구충제가 곳곳에 지급될 것이다.

"티, 팀장님! 이쪽으로 와보십시오!"

그때 펜션 바짝 가까운 곳에서 팀원 중 한 명이 유 팀장을 불렀다.

"왜? 무슨 일이야!"

"다, 당철용입니다."

"뭐, 뭐야? 당철용?"

유 팀장이 꼬리를 잡기 위해 백방으로 애쓰고 있던 다산 파의 보스.

하지만 일개 경찰서 강력반 팀장이 어떻게 할 수 있는 그런 놈이 아니었다.

놈의 영향력은 뻗치지 않은 곳이 거의 없었고 자칫 모가지가 날아갈 지경의 경고도 몇 번 받았었다.

심증은 있지만 물증이 없는 상황.

분명 강남 일대의 미해결 살인 사건과 청부 폭력 등의 주범임은 맞았지만 정황상 건들 수가 없었다.

터더덕.

유 팀장의 뛰다시피 팀원이 부른 곳으로 발걸음을 옮겼다.

"허……."

당철용이 눈앞에 쓰러져 있는 것을 눈으로 확인 유 팀장은 그대로 몸이 굳는 듯했다.

수백 명의 수하를 거느리며 대형 조직의 보스답게 거만하기 이를 데 없었던 당철용.

자신이 토한 토사물인 듯한 건더기들을 잔뜩 얼굴에 팩

처럼 뒤집어쓰고 널브러져 있었다.

아무리 떡이 되게 술을 처마셔도 결코 이런 꼴로 추태를 부리지는 않을 것이다.

눈 뜨고 볼 수 없을 정도로 개떡이 돼 있는 당철용.

"이거 다산파도 끝난 것 같습니다."

"참나, 열라 밥한다고 땔감 찾았더니 다 된 밥에 누가 제대로 국말아 놨네."

옆에 서 있던 팀원들이 한마디씩 거들었다.

웬만한 큰 사건이 아니고서는 절대 손도 댈 수 없을 것 같았던 다산파와 당철용.

지들끼리 싸우고 마무리까지 해놓은 것이다.

그것도 명백한 증거품들을 고스란히 드러내놓고 말이다.

총기에 온갖 흉기가 현장에 그대로 남아 있었다.

"어라? 이놈은 이정문… 에? 달수파 임달수까지!!!"

"와우!"

"얘들이 미치긴 미쳤었나 본데요? 정말 단체로 쌈질을 한 모양이에요."

곧 들려온 말들.

강력반에서 잔뼈가 굵은 형사들이 달수파와 강동파 보스를 한눈에 알아보았다.

"그럼 누가 이긴 거야?"

"도대체 어떤 놈이 이렇게 착한 짓을……."

경찰 밥 먹고 이렇게 어이없으면서도 사건을 쉽게 접수하기는 처음이었다.

어이가 가출을 하지 않고서는 이 현장을 이해할 수도 없었다.

형사들은 조직원들부터 그 대가리까지 박살이 난 사건의 주모자를 찾았다.

그러나 그 누구도 대답을 주지 않았다.

"으으으……."

"어, 어무니! 살려줘유!"

"으아아아아!"

한때 사회악으로 팔팔 살아 미꾸라지처럼 헤집고 다녔던 조무래기들.

지금은 붙어 있는 목숨이라도 건지기 위해 살려 달라고 애원하고 있었다.

어떤 놈들은 고통에 몸부림치며 어머니를 찾기도 했다.

단 한 번도 자신들의 손에 고통받으며 신음하던 사람들의 입장을 헤아려 본 일 없었던 깡패들.

아주 제대로 입장이 바뀌어 있었다.

그런 이들에게도 부를 부모가 있었다는 게 새삼스럽게 들렸다.

'미, 민아······.'

정신없이 사진을 찍어대고 현장을 살피는 정아람은 정신이 하나도 없었다.

생계가 달린 투철한 기자 정신이 아니었다면 구역질을 해대다 현장을 내뺐을 것이다.

이건 사람들의 모습이라고 말하기 어려울 정도의 처참한 현장.

기사를 따기 위해 제법 독하다는 사건 현장도 가보았다.

물론 시체를 마주한 적도 여러 번 있었다.

그러나 오늘 강화의 사건처럼 폭력에 이골이 난 조직원들을 상대로 이런 진풍경을 연출했던 현장은 한 번도 없었다.

팔다리를 분질러 놓고 거의 반으로 꺾어놓았다 해도 과언이 아닐 만큼 사지육신이 멀쩡한 자들이 없었다.

바닷가 짠바람이 섞인 피비린내가 사방에서 불어왔다.

여기저기 흥건한 피들.

목숨들은 죄다 붙어 있는 것 같지만 딱 봐도 중상 이상의 타격을 입었다.

치료를 받는다 해도 제대로 사람 모양을 갖출지 의문이 들 정도였다.

'설마 혼자 이렇게 한 거야? 아니면……'

분명 정아람에 날아온 문자 제보는 강민이 보낸 것이었다.

그러나 그것을 증명할 방법은 정아람에게도 없었다.

단지 누나라는 호칭으로 강민일 거라고 짐작한 것이다.

주변에 그 누구도 정아람을 누나라고 호칭하는 사람은 없었으니까 말이다.

"대리님, 바로 올려야 하지 않겠습니까?"

정아람을 따라 나온 오 기자가 흥분한 목소리로 말했다.

현장이 강화 경찰서 쪽에 알려졌다면 곧 다른 언론사 쪽 기자들이 몰려올 것이다.

괜히 시간만 끌다 특종을 놓칠 수도 있는 순간.

오 기자가 재촉할 만했다.

"바로 기사 써서 보낼 테니까 부장님께 보고해!"

"네, 알겠습니다!"

"사진 데이터도 같이 송부해!"

"오케이! 대리님."

오늘 이 현장은 조폭들에게는 하늘이 내린 형벌의 시간이나 다름없었지만 형사들에게나 기자들에게는 기회였고 행운이었다.

그것도 강민이 준 천재일우의 기회.

주변을 살피는 형사들과 정아람은 기분 좋게 현장에 차려진 밥상을 처리해 갔다.

인류가 지속되는 한 사회악이 사라지는 일은 없을 것이다.

그러나 가끔 이렇게 청소차가 왔다 간 것처럼 쓰레기가 정리되기도 한다.

사회정의 실현의 의무를 띠고 살아가는 사람들에게 오는 운수 좋은 날인 것이다.

다른 날은 막상 그들의 뒤꽁무니를 쫓느라 헛배 빠졌는지 모르지만 오늘은 분명 정의를 좇았던 그들이 승리의 깃발을 세운 날임에는 분명하다.

제2장
천국의 계단

"어제 저녁 강화 한 펜션에서 발생한 대규모 조직 폭력배들의 마찰에는 그동안 암암리에 사용돼 온 총기까지 발견됐다고 합니다. 전쟁을 방불케 했을 이번 사건을 현장에서 취재한 조국일보 측의 보도 자료를 통해 볼 수 있듯이 칼과 도끼는 물론 총기까지 보이고 있습니다. 총기 소지가 불법인 국내에서 이 같은 사건이 발생함에 따라 시민들은 불안에 떨고 있습니다. 강화 경찰서를 비롯해 검경이 함께 나서서 증거 수집을 하고 있는 것을 알려졌습니다. 지금 현장은 접근을 엄격히 차단하고 있으며 집권 여당의 홍익표 대표와 최고위 상임위원들은 이 사건으로 긴급 기자회견을 소집한 것으로 알려지고 있습니다. 청와대에서도 대통령이 이른 아침부터 긴급 장관 회의를 소집했다고 합니다."

격앙된 여성 아나운서의 목소리가 사방으로 울렸다.

"완벽해, 생각했던 것보다 더……."

소파 깊숙이 몸을 묻고 손가락을 깍지 끼며 사철파의 보스 이영식이 입을 열었다.

만족스러운 미소가 그의 입꼬리에 걸렸다.

이보다 더 기분 좋은 소식을 지금까지 접해 본 적이 없었다.

더할 나위 없이 환한 웃음이 서서히 이영식의 얼굴을 물들였다.

예상했던 시나리오보다 더 완벽하게 계획이 진행됐다.

다산파와 강동파.

그리고 달수파의 몰락이 기정사실화되고 있었다.

피가 난무하고 팔다리가 꺾인 조직원들의 모습이 여과 없이 조국일보 웹 뉴스를 통해 일반인들에게 전달되었다.

그러면서 조국일보 홈페이지가 다운되기까지 했다.

날이 밝으면서 정부기관에 불똥이 튀었다.

곧 있을 재보궐 선거에 적잖은 영향을 끼칠 이번 사건.

평소 조폭들과 연관되어 있던 여당 의원들까지 나서서

조직폭력배들은 소탕해야 한다고 목소리를 모았다.

이영식 회장은 그 꼴이 우스웠다.

임달수를 비롯해 이정문, 당철용이 다시 재기할 수 없을 것을 확신하고 때를 놓치지 않고 밟기 시작한 것이다.

이정문이 조직에 줄을 대놓은 인사들.

한때 보호막이로 작용했던 이들이었다.

브라운관을 채우며 소개되는 인사들 절반 이상이 정작 이정문과 연줄이 닿아 있던 자들이었다.

띠릭.

이른 아침부터 텔레비전을 켜 기분 좋게 뉴스를 시청하고 있던 이영식이 전원 버튼을 눌렀다.

각 조직에 심어놓은 첩보원들을 통해 듣게 된 사철파 제거 작업.

오래전부터 마킹을 해오지 않았다면 하루아침에 사철파는 조직 세계에서 제거됐을 것이다.

다행히 그 전에 손을 써 대대적인 사철파 제거 작업을 면하고 역으로 그것을 이용해 살아남았다.

하늘에 떨어진 인재를 얻었다.

그간 인맥을 이어온 몇몇 도사들을 통해 이름을 듣게 된 큰도사의 제자란 사실도 알았다.

내로라하는 도사들 사이에서 명망 높기로 이름을 떨친

설악산 큰도사의 제자 강민.

큰도사는 도사들 세계에서도 두려움의 대상 1호라 했다.

그것도 대한민국 제1도맥의 수련자였다.

3년 전 달수파가 연루된 사건을 뒤에서 조사했었던 이영식.

그 사건을 캐면서 달수파를 궁지에 몰아넣었던 도사들이 분명 하늘을 날았던 사실을 알았다.

이영식은 강민이 하늘을 날았던 도사들과 연관이 있다는 사실을 믿어 의심치 않았고 때를 기다렸다.

다시 돌아오기를 기다리던 이영식.

강민이 모습을 보임과 동시에 조직들이 움직일 것을 간파하고 오늘의 사건을 계획했다.

아니, 그 전에 각 조직의 우두머리들이 판을 짜고 이영식에게 기회를 만들어주었다.

앙숙이나 마찬가지인 관계들.

평소에는 서로 볼일이 없는 자들이 한곳에 모여 작당질을 하다 되레 당한 케이스였다.

예기치 못한 지옥행 버스표를 같은 시간 받게 된 것이다.

병원에서 인터뷰한 걸로 짐작하건대 앞으로 두 다리 버티고 서는 모습은 볼 일 없을 것으로 생각되었다.

게다가 정부기관에서까지 관심을 갖게 된 마당에 최소

10년 이상의 중형에 처해질 것이다.

몸도 성치 않은 데다 10년 이상 조직을 방치한다는 것은 이미 조직 생명이 끝났다는 것을 말했다.

핵심 요원들로만 몰아 강화 모임에 참석했을 보스들.

그들이 모두 같은 처지가 된 판에 밑에 알아서 붙어 있을 조직원들은 없었다.

"강동파 애들은 알아서 지방으로 몸을 뺐고 다산파 쪽도 중간 보스들까지 자취를 감춘 마당이니… 당분간 조용하겠어."

이 정도 타격을 입게 되면 조직을 다시 결성하고 꾸리는 데 적어도 10년 이상이 걸린다.

그 시간이면 이영식이 강남을 손에 넣고 쥐락펴락할 수 있는 시간이다.

이영식은 강남을 손에 쥐기로 마음먹었다.

긴 시간을 참아왔다.

하지만 조직들의 악행은 점점 수위를 높여갔고 요즘에 와서는 기세가 하늘을 찔렀다.

평범한 시민들에게까지 마약을 퍼뜨리고 물불 가리지 않고 청부 살인의 그물을 쳤다.

이미 납치 정도는 사건 축에 끼지도 않을 만큼 수법이 다양해지고 잔혹해졌다.

그들의 마수를 조금이라도 막아보고자 조직폭력배의 가면을 자처해 썼다.

그리고 대한민국의 수도 중심에서 버틸 수 있을 때까지 버텨보고자 했다.

얼마가 걸릴지 모르지만 자신이 쓰러지기 전까지는 그래도 조용할 거라고 확신했다.

띠리리리.

탁자 위에 놓인 핸드폰이 울렸다.

"계산할 때가 왔군……."

무심하게 화면 액정에 뜬 번호를 내려다보는 이영식.

스윽.

계속해서 울리는 전화기를 집어 들었다.

띠릭.

가볍게 통화 버튼을 터치했다.

"회장님 접니다."

"어딘가?"

"잠시 산으로 들어왔습니다."

"자네한테까지 피해가 갔군."

"괜찮습니다. 회장님 덕분에 저의 일도 함께 마무리 지을 수 있었습니다."

"애들은?"

"거의가 제 밑으로 들어왔습니다."

"축하하네."

"회장님 덕분입니다."

조용히 정체를 알 수 없는 자와의 통화를 이어가는 이영식 회장.

"약속은 잊지 않았겠지."

"물론입니다. 달수파, 아니 인천파는 적어도 10년간은 절대 서울 쪽은 쳐다보지 않고 조용히 있을 겁니다."

"믿겠네."

"회장님께서 나서주신 덕분입니다. 베풀어주신 은혜에 비하면 아무것도 아닙니다."

"달수 아들은 멀쩡하다고. 어떻게 됐나?"

"처리했습니다. 다시는… 두 발로 걷기 힘들 겁니다. 달수파 애들이 본래부터 의리가 넘치던 놈들도 아니고 전임 보스 아들에게 얼마나 충성하겠습니까. 좋아하던 골프는 계속 보라고 연습장 하나 내주려고 생각 중입니다."

"그래, 마무리 잘하게. 달수 아들이면 만만한 놈은 아닐 테니."

"대한민국의 어떤 조직에서도 병신이 보스가 된 적은 없습니다."

생각보다 냉철하게 나오는 목소리에 이영식의 입가에 씁

쓸한 미소가 비쳤다.

잘나가던 임달수 일가도 이걸로 끝나가고 있었다.

한때 대한민국 조직 세계를 일통할 인물이라고 주목을 받기도 했던 달수파의 몰락.

임달수가 그토록 꿈꿨던 일장춘몽이 이렇게 깨져 버렸다.

"그리고, 혹시나 해서 하는 말인데. 절대 이번 사건의 배후를 찾으려고 하지 말게. 괜히 자네가 위험해질 수 있네."

"알겠습니다. 솜씨가 차원이 달랐던 걸 알고 있습니다. 과거 달수파에서 진행했던 모든 전적은 전부 폐기하겠습니다."

"그래, 고맙네."

"아닙니다. 회장님 덕분에 생각지도 못한 보스 자리에 앉게 되었습니다. 앞으로 잘 부탁드립니다."

낮고 조용하지만 힘이 넘치는 목소리다.

"음, 김 실장이라면 잘해낼 것이네. 지금까지 보아온 어떤 조직원들보다 포부가 크니 앞가림 정도는 스스로 할 줄 알겠네."

"많이 부족합니다."

"부족하긴. 자네 덕분에 모든 일이 완벽하게 마무리된 것일세. 내 기억할 걸세."

"하하하, 저도 회장님 가르침 평생 잊지 않겠습니다."

오랜 시간을 끌어오면서 이 자리까지 변함없는 신뢰로 이어져 온 관계.

화기애애했지만 겉으로 드러난 것이 다가 아닌 많은 의미의 말들이 오고갔다.

달수파를 모두 흡수한 새로 등장한 인천의 강자.

당분간은 힘이 들 것이다.

그러나 언제나 그렇듯 바글바글 끓던 사람들의 냄비 같은 관심은 조용히 사라지게 돼 있다.

또 자연스럽게 어둠을 틈타 검은 손들은 늘어날 것이다.

인류의 역사에서 멸종했다는 말은 들어본 적이 없는 어둠의 종자들.

세상 그 어떤 종자보다 생명력이 강한 부류의 인간들이다.

"수고하게. 앞으로 지켜보겠네."

"알겠습니다. 회장님께서도 쉬십시오. 곧 연락드리겠습니다."

"…수고하게."

"네."

띠릭.

"휴우……."

통화를 마친 이영식은 긴 숨을 몰아쉬었다가 내뱉었다.

늘대를 쫓아내긴 했지만 대신 호랑이를 들인 건 아닌가 하는 생각이 들기도 했다.

그러나 다른 선택의 여지가 없었다.

말도 통하지 않았던 임달수를 제거한 것만으로도 당분간 숨통이 트일 것이다.

"어차피 돌고 도는 것……. 내 할 일만 해도 많구나……."

살다 보면 자연스럽게 얻어지는 세상 사는 법.

제법 나이가 주는 세상 사는 법을 체득한 이영식이었다.

이영식은 그제야 고개를 들고 창문 너머를 바라봤다.

새파란 하늘에 구름 두어 점이 떠가고 있었다.

그리고 그 아래로 펼쳐진 빌딩 숲과 무수히 뻗어 있는 도로들.

그 누구도 알아주는 이가 없었지만 이영식은 오늘 이 순간이 만족스러웠다.

자신이 품은 것을 파란 하늘과 도시의 풍광만이 알아주어도 충분했다.

어차피 이영식도 세상의 잣대로 보았을 때는 떳떳하게 명함을 내밀 만한 신분이 못 되는 깡패였다.

아무리 명예가 주어진다 해도 그런 것에 욕심 따위는 없었다.

그 어떤 것도 대가를 바라고 한 일은 없었다.

처음 조직 생활을 시작할 때 다짐했던 초심만을 지키며 가고 있는 길이다.

사람을 살리는 조직이 되겠다.

사람을 죽이는 깡패가 아니라 사람을 살리는 깡패가 되겠다 다짐했다.

인정해 주지 않아도 상관없었다.

이영식 자신이 알고 하늘이 알면 그만.

그게 바로 이영식이 소망하는 자신의 삶이고 꿈이었다.

"승낙이 떨어졌다고요?"

"민, 축하해요."

메이저리그 사무국에서 연락이 온 모양이다.

'사무국 사람들 많이 당황했겠네. 흐흐.'

선수 연봉 조정과 여러 부차적인 문제를 해결하는 메이저리그 사무국.

샌프란시스코 자이언츠가 제출한 황당한 계약서에 당황했을 게 뻔했다.

선수로서 값을 매길 수 있는 정보가 하나도 없었던 나다.

연봉 계약 조건을 마주했을 때 거의 우주인 전속계약서

만큼 쇼킹했을 것이다.

1년도 아니고 달랑 6개월만 소속 선수생활을 하겠다는 나의 제안.

계약금 100만 달러를 제외하고 모든 것들에 조건을 걸어놓은 계약서.

상당히 고심했겠지만 승낙이 떨어졌다.

자이언츠 구단이 원했고 제시카 회사에서 조용히 힘을 써서 가능한 일이었을 것이다.

"수고하셨습니다."

"호호, 수고는. 민이 정식 야구 선수가 아니어서 대한민국 야구위원회 선수 조회 없이 일이 간단하게 마무리됐어요. 여권 발급도 끝났고 급행 비자도 처리돼 가고 있어요. 이틀 후면 아메리카행 비행기에 오를 수 있어요."

미국에 가는 즉시 메디컬 테스트를 통과하고 정식으로 사인을 하면 그 순간부터 본격적인 메이저리그 생활을 하게 된다.

"기대가 되는군요."

"정말요?"

"물론입니다."

"그런데 전혀 흥분하는 것 같진 않아요. 다른 선수들 같았다면 이 정도 이슈거리가 생기면 언론사에 곧바로 연락해 인터뷰를 하고 보도 자료를 뿌리기 바쁘거든요."

하긴 충분히 그럴 수 있었다.

야구인이라면 누구나 꿈꾸는 메이저리그 진출 기회가 거의 확실시되고 있는 상황이다.

"제 목표는 골프입니다."

하지만 흔들림없는 나의 계획.

긴 대답이 필요치 않았다.

"이럴 땐 민의 나이를 잊게 돼요. 때론 우리 아빠보다 더 냉정한 사업가 기질도 보이거든요."

"하하하, 무슨 말씀을 하십니까. 냉정한 사업가라니요. 거리가 멀어요. 전 영혼부터가 소프트 아이스크림처럼 달달하고 부드러운 남자거든요."

"호호호, 농담도 하나요? 그래요. 믿어줄게요."

마음 놓고 제시카 앞에서 농담을 하기는 처음인 것도 같다.

나의 가벼운 대구에 활짝 웃는 제시카.

이런 종류의 얘기는 믿거나 말거나 상관없었다.

사기와 폭력의 대가였던 양 도사의 시커먼 양심에 비하면 내 마음은 비단결인 것만은 사실이니까.

"그럼 이틀 후에 보면 되는 겁니까?"

"차를 보낼게요. 열한 시쯤 출발할 거예요."

"알겠습니다. 그때 뵙도록 하죠."

"민~"

"네?"

"저 보고 싶지 않아요? 오늘… 혼자 있어요."

'허헛. 끝까지.'

분명 제시카는 싱글이었지만 나에게 들이대는 수준은 과부아줌마였다.

시간이 지날수록 나이는 속일 수 없는 것 같다.

게다가 동양의 문화와 전혀 다른 사고방식의 차이.

많이 개방되었다고는 하지만 나의 의식 수준은 변화하는 성문화에 대한 의식 수준을 따라가지 못하는 것으로 진단됐다.

그리고 제시카와 러브러브 관계를 맺기에는 나의 청춘이 아까웠다.

"오늘 바빠서 이만 끊겠습니다."

"미, 민!"

띠릭.

나는 더 이상 듣지 않고 종료 버튼을 눌렀다.

제시카는 사업적으로 만난 관계였다.

괜히 순간을 넘기지 못해 유혹에 넘어갔다가 내 인생 펼치지도 못하고 망칠 수 있었다.

게다가 성냥만 갖다 대면 불이 붙는 제시카 같은 서양 여성은 사양하고 싶다.

한국 설화 등에 나오는 각종 선녀님들은 얼마나 다소곳하고 아름다운가.

다 옛날 얘기이지만 말이다.

그래도 선녀와 나무꾼은 기가 막히게 모범적인 가정의 시초라고 나는 생각한다.

하늘의 선녀가 애 둘 낳을 때까지는 하늘의 영광을 버리고 나무꾼 밥도 해주고 빨래도 해주고.

결국은 훨훨 날아갔지만 말이다.

여러모로 서양의 여성상과 동양의 여성에는 차이가 있다 보니 선뜻 관계 설정에 적극 나서지지 않았다.

하늘이 그리워도 눈물로 참고 인내의 세월을 보냈던 선녀.

하지만 옥황상제급 제우스가 바람 좀 피웠다고 상대에게 저주를 퍼붓던 헤라를 비롯해 자신의 미모에 대항하자 거미로 바꿔 버린 미모의 여신까지.

행동 자체가 달랐다.

나에게는 정녕 결정적인 순간에 인간미가 전혀 없는 여성들로 받아들여졌다.

물론 제시카를 겪어보지는 않았지만 자신의 목적을 위해

서슴없이 육탄 공격을 퍼붓는 모습은 썩 좋아 보이지 않았다.

제시카야 미국적 사고방식으로 무장돼 있겠지만 나는 순수 대한민국 혈통의 남자였다.

그깟 여인의 육체 공격에 무너질 정도의 정신력이었다면 설악산에서 처녀 귀신한테 까였을 것이다.

"날 뭘로 보고~"

쿨하게 제시카의 일을 마무리했다.

틱틱틱.

줄여놓았던 텔레비전 볼륨을 높였다.

"시민단체들도 성명서를 내고 총기까지 사용하는 조직폭력범 일망타진을 요구하고 있습니다. 갈수록 범죄가 흉악해짐에 따라 처벌 수위를 낮춰서는 안 될 것으로 보입니다. 오늘 저녁부터 서울 광장에서 조직폭력 집단의 사회 추방을 위한 촛불집회를 연다고 발표하고 있습니다."

"한바탕 뒤집어졌군."

벌써 며칠이 지났음에도 잠잠해질 기미를 보이지 않고 있었다.

시간이 지날수록 더욱 거세지고 있는 대국민 조직폭력배 추방 시위.

똑똑한 정아람 기자가 알아서 사건을 제대로 키웠다.

리얼한 사건 현장을 직접 취재한 만큼 거르지 않고 실시간으로 기사화시켜 버렸다.

난리도 아니었다.

신문에 대문짝만 하게 실린 조폭들의 처절한 혈투 장면.

제대로 각도를 잡아 찍은 한 장의 사진에는 홍건한 피와 총, 도끼를 비롯해 사시미까지 살벌하게 잡혀 있었다.

일반 국민들에게 공포 그 자체로 다가왔을 것이다.

또 컴퓨터만 켜면 실시간으로 올라오는 현장 사진들.

어디를 클릭해도 메인 뉴스로 뜨고 있었다.

그렇지 않아도 얼어붙고 있는 시장 상황에서 흉측한 사건까지 터지자 시민들이 술렁였다.

정부 기관들이 대대적으로 나서서 사건을 수습하고자 애썼지만 쉽지만은 않을 것이다.

요즘 세상은 여론 자체가 정치인들의 밥줄이다 보니 국민들의 눈치를 보며 제스처라도 취해야 하는 입장.

"진작 정리들 좀 하시지. 꼭 일 터진 다음에 저렇게 난리를 쳐요. 누가 한통속 아니랄까 봐 티도 엄청 내요."

빤히 보이는 눈 가리고 아웅하기.

그 밥에 그 나물인 것을 국민들도 모를 리 없지만 이렇게라도 움직여 주는 정부 기관을 의지할 수밖에 없었다.

사철파 이영식 회장의 말처럼 그냥 철을 만나면 그때 잡초를 한 번씩 제거하는 것만으로도 세상은 그때그때 살 만한 것인지도 모른다.

"아람 누나 이번에도 대박쳤겠네."

특종 중에 이만한 특종이 없었다.

각종 언론사를 통틀어 유일하게 현장 사진을 갖게 된 조국일보.

서버가 다운될 정도로 엄청난 유저들이 찾아들었다.

나름 아람 누나를 위해 준비한 선물이었다.

요구했던 특종은 나의 앞으로 있을 노선.

그리고 무명의 선수가 자이언츠와의 계약을 성사했다는 특종이었다.

하지만 자이언츠 측에서 계약한 사실을 당분간 묻어둘 것을 요구해 왔다.

화끈하게 한 방 때리고 알려지는 것도 나쁘지 않다고 판단했다.

나의 입장을 충분히 이해해 주고 흔쾌히 받아준 아람 누나.

그에 대한 보답으로 특종을 넘긴 것이다.

"하던 짓 안 하면 괴롭겠지만… 착하게들 살아라."

아무래도 죄인 줄 알고 죄를 지으며 사는 것보다는 백만 배 마음은 편할 것이다.

설악산에서 양 도사에게 배운 수법을 제대로 펼쳤다.

조직원들이 무더기로 당분간 거리를 두 다리로 활보하는 일은 없게 되었다.

또한 따박따박 놀리던 주둥이도 놀리지 못하게 됐다.

해당되는 혈도를 눌러 봉해 버렸다.

수뇌부 역할을 하던 자들은 그 정도 응징이 있어야 할 것 같았다.

하지만 그 밑에 조직원들로 판단되는 자들은 팔다리의 혈맥만 눌러놓았다.

과거 한 차례 써먹었던 방법으로 숟가락 드는 데는 무리가 없지만 연장질은 불가능하게 했다.

지금껏 자신들이 저질러 왔던 죗값에 비하면 아무것도 아니었다.

그 처지가 억울하다고 한다면 한강물에 코 박고 죽어야할 것이다.

말 그대로 풀씨는 하나만 땅에 뿌리를 내려도 그 번식력이 어마어마하다.

"개운~ 하네."

불편한 마음은 하나도 없었다.

세아 누나를 건들지만 않았어도 조용히 출국하려고 했었던 나였다.

삽질하지 않고 휠체어에 앉혀놓고 떠나는 것을 다행으로 여겨야 했다.

그자들은 인간답게 대해서는 말이 통하지 않는 종자들이었다.

역지사지.

인정사정 모르는 쓰레기들이다.

그나마 양 도사에게 배운 살생을 금하라는 가르침이 있어서 이성적으로 행동했다.

그렇지 않았다면 이영식 회장의 말에 힘입어 모조리 골을 빼버렸을지도 모른다.

스슥.

목에 건 나비넥타이를 반듯하게 만졌다.

"파티라⋯⋯. 완전 훌륭해."

오늘 드레스 코드는 정장.

대한민국을 떠나기 전 마지막 파티가 된다.

진청색 정장을 멋지게 차려입었다.

역시 양 실장님이 준비해 둔 옷이었다.

잠깐 머물다 갈 사람임에도 장인의 손으로 한 땀 한 땀 바느질해 완성한 수제 양장이었다.

광택부터가 달랐다.

다른 날도 아닌 오성그룹 안주인의 생일 파티가 있다.

종일 날씨도 화창했다.

띠링 띠라라라 ♬

"벌써 시작됐군."

초저녁쯤 도착했던 현악 5중주 팀이 연주를 시작한 듯했다.

바이올린 선율이 맑게 들려왔다.

초대 손님들도 상당했다.

손님방까지야 들어올 일이 없었지만 바깥 정원을 거닐고 있는 사람들만 봐도 얼추 그 수가 꽤 됐다.

친인척에 가까운 인사들만 초대했다고 했지만 그 수만도 수백 명은 족히 되었다.

오성그룹 안주인 정도 되는 분의 생일 파티는 한 개인의 잔치 수준을 한참 넘었다.

또 가족들의 축제날로 끝나는 것 같지 않았다.

오성 호텔에서 지원을 나온 주방장들과 보조들까지 정원을 가득 메우고 있었다.

도우미들만 해도 수십 명에 달할 정도이니 말해 뭣하겠는가.

"이게 바로 럭셔리 라이프지."

대한민국 재계 서열 1위인 오성그룹 윤라희 여사의 생신.

영화나 드라마에서 그려지던 부유층의 모습 그 이상이었다.

처음 파티 참석을 권유받았을 때는 거절했다.

내로라하는 인사들을 비롯해 친인척들이 참석하는 자리.

나는 이 저택에 잠시 머물고 있는 식객이었고 곧 떠날 사람이기 때문이었다.

생각했던 것보다 인간미가 넘치는 유 회장과 윤라희 여사.

예린이를 떠나 나를 아들처럼 대해주었다.

물론 피붙이 하나 없는 고아였기 때문인지도 모른다.

뭐 하나 마음을 아끼지 않고 챙겨주었다.

처음 저택을 방문했을 때 보였던 윤라희 여사의 까칠함은 날이 갈수록 더욱 친밀함으로 다가왔다.

최근에 와서는 야식을 함께 먹자고 부를 정도였다.

집안일을 거드는 도우미분들도 친절하게 나를 대해주긴 마찬가지.

워낙 붙임성이 있었던 나였기 때문에 대하는 데도 허물이 없었다.

밖에서 보던 것보다 괜찮은 예린이네 집의 가풍.

한 번 일하는 사람이 들어오면 큰일이 나지 않는 이상 자리를 옮기는 일이 거의 없다고 했다.

탁탁탁.

"이제야 오는군."

경쾌한 발걸음 소리가 문 밖에서 들려왔다.

똑똑.

"민아~ 준비 끝났어?"

"들어와."

스르륵.

들어오라는 말과 거의 동시에 열리는 문.

그리고 안으로 들어서는 한 사람.

'오~ 지저스!'

강렬한 붉은 장미꽃 한 송이가 만개해 눈앞에 서 있는 듯
했다.

소녀와 성숙한 여인의 묘한 경계 선상을 지나고 있는 예
린이의 외모.

이제 이십대 풋풋한 여대생이라고만 보기에 무리가 있는
화장과 헤어스타일.

윤기가 좔좔 흐르는 긴 생머리를 풀어 한쪽 어깨로 몰아
한쪽 목선이 고스란히 드러나게 했다.

목에는 은빛의 꽃송이가 크고 작은 것들로 이어진 목걸
이를 걸었다.

정열의 붉은 드레스는 무릎 위로 살짝 올라가는 선에서

멈췄다.

주름이 굵게 잡혀 있는 치맛자락 아래로 예린이의 부드럽고 눈부신 각선미가 드러나 보였다.

이제 막 성숙한 여성으로서 첫발을 딛는 예린이와 아름답게 조화를 이루는 차림이었다.

얼굴 가득 환한 미소를 띠운 채 나를 바라보았다.

"굿~! 완벽해!"

"정말?"

"예린이~ 너무 예뻐지는 것 아냐? 예쁜 연예인들 뺨치겠는데."

"피이, 거짓말. 하지만 기분 좋아서 봐줄게~"

여성들은 거짓말이 되었든 진담이 되었든 외모에 관해 칭찬을 해주면 금세 기분이 업되는 것 같다.

이에 예린이도 예외는 아니었다.

금세 나의 몇 마디에 더 환해지는 표정.

입가에 배시시 새침떼기 같은 미소가 박혔다.

'바로 저게 절정에 이른 동양의 미지~'

나는 문득 제시카 샘의 과감한 모습이 떠올랐다.

아직 순수한 아름다움이 꽃봉오리처럼 맺혀 있는 예린이를 마주하고 있자니 자연스럽게 제시카 샘과 비교가 되었다.

같은 붉은색 드레스를 입어도 느낌 자체가 달랐다.

뭐랄까.

예린이는 순수한 장미꽃 본연의 아름다움이라면 제시카 샘은 작위적인 게 강했다.

섹시하고 유혹적인 데다 관능의 극치를 보여주는 제시카 샘의 모습.

나는 고개가 절로 저어졌다.

예린이는 어느 정도 감당이 되었지만 제시카 샘은 숨이 막힐 지경이었다.

"이제 내려가자. 파티가 시작됐어."

척!

나는 예린이에게 손을 내밀었다.

"레이디."

"……."

"제가 모실 수 있는 영광을 주시겠습니까?"

한 손은 허리를 살짝 짚고 숙이며 신사 흉내를 냈다.

"호호~ 이제야 알아본 건가요? 그간의 무례는 모두 용서하겠어요. 자, 제 손을 잡고 에스코트해 주세요."

모든 순간이 행복하다는 듯 해맑게 웃는 예린이.

가만히 나의 손에 자신의 손을 건넸다.

'깨끗하다.'

달빛을 받아 한껏 눈부신 지붕 위의 박꽃 같은 예린이의 피부.

작은 티 하나 보이지 않았다.

어린 소녀라고 하기에는 성숙하고, 또 성숙한 여성이라고 하기에는 청초하기만 한 예린이의 눈부신 모습.

스무 살이라는 나이의 여성은 보기만 해도 흐뭇한 마음이 들었다.

"황송하옵니다~"

다시 한 번 장난스럽게 허리를 숙이며 과한 예를 취했다.

"뭐야~ 강민. 너무 느끼해~!"

표정은 행복이 넘치면서도 말은 다르게 하는 예린이.

'얼마 남지 않았다……'

예린이를 보고 있는 나의 마음은 아쉬움과 미안함이 교차했다.

목숨 아까운 줄도 모르고 설악산까지 몸을 던져 나를 찾아왔던 열혈 벗 예린이.

이제 그런 예린이와의 이별 시간도 임박해 있었다.

요 며칠 밀렸던 과제를 하면서도 꼼꼼하게 나를 챙겼던 고마운 사람이었다.

예린이 덕분에 내가 아메리카행을 과감하게 선택할 수 있기도 했다.

2차 설악산에서 탈출하지 못했다면 불가능했을 일이다.

그녀 덕분에 완벽하게 성공한 설악산 탈출.

스르르.

예린이의 손을 부드럽게 받아 나는 문을 나섰다.

그리고 아래로 내려가는 계단을 밟았다.

'이게 바로 천국의 계단…….'

행복한 이 순간.

아래로 향한 계단을 마주했을 때 한 계단 한 계단이 모두 희망의 천국으로 향하는 길처럼 느껴졌다.

하루를 온전히 최선을 다해 살아낸 사람만이 만끽할 수 있는 행복의 순간.

한 걸음씩 나아갈 때마다 나에게 다가올 다른 시간들을 상상했다.

나의 인생이 그려갈 밑그림을 말이다.

제3장
사자를 만난 교활한 늑대

"형님! 몸을 피하셔야 합니다! 애들이 싹 경찰서로 달려갔습니다."

"씨발, 이 뭐꼬!"

정신이 쏙 빠질 정도로 분주해진 강동파 연합 하위 보스 중 한 사람인 오덕팔.

애들을 모아놓고 질펀하게 한잔 때리고 있었다.

마침 룸서비스를 받기 위해 한잔 들이켜는 순간 날벼락을 맞았다.

다산과 당철용의 제안과 밀약으로 강화도로 간 이정문

총회장.

강남 일부를 관리하고 있는 사철파를 제거하기 위한 자리였다.

달수파와 강동파, 다산파가 한자리에 모인 것은 이례적인 일이었다.

기분이 째지게 흥분한 것은 강동파의 연합 보스들.

서울에 입성하긴 했지만 워낙 탄탄하게 입지를 다져 놓은 강남파들의 방어에 쓴 입맛만 다시기 일쑤였다.

과거처럼 주먹과 칼질로 끝낼 수 있는 갈등이 아니었다.

얼마나 많은 정재계 인맥을 갖고 있느냐로 조직의 힘을 판가름했다.

물론 주먹이 아주 필요 없게 된 것은 아니었지만 과거에 비하면 3분의 1도 안 되었다.

많은 분쟁 끝에 대전의 이정문 보스가 총회장을 맡게 되었다.

그나마 가진 것 없이 무식하기만 한 지방 보스들과는 레벨 차이가 있었던 이정문.

정재계에 쓸 만한 인맥을 쌓고 있었다.

탁월한 머리 회전과 강동파라는 연합 조직을 이끌기에 적당한 인물이었다.

그런 그가 반병신이 돼서 끌려갔다.

전라도 쪽 애들 중에서 추려서 이정문 회장에 붙였다.

하지만 그중 어떤 놈도 전화 한 통 연결되지 않았다.

오덕팔도 속보를 통해 접하게 된 소식.

대형 사건이 터졌다.

결론은 조직 폭력배들의 집단 난투극이라고 내려졌다.

하지만 뒤이어 대대적인 조직들에 대한 소탕 작전이 이어졌다.

평소 리베이트를 통해 관리해 왔던 검, 경찰 끄나풀들의 전화로 약간의 시간을 벌었다.

하지만 도망칠 시간만 벌었지, 결국 강동파는 끝난 것이나 진배없었다.

구심점이 사라진 강동파.

문제는 더 확산될 것이다.

각 지방 조직의 난투극으로 비화될 게 빤했다.

눈치 빠른 놈들은 각 조직 본거지로 이미 몸을 뺐다.

"지리산 쪽 산장에 은신처를 마련했습니다. 몇 달만 쉬고 계십시오."

삼돌산파의 이인자 장인철.

그가 오덕팔을 위해 서둘러 피신처를 마련해 놓았다.

검찰과 경찰 리스트에 이름이 올라 있는 오덕팔과 달리 숨겨진 중간 보스 역할을 해온 장인철.

뒤집어진 조직에 안정이 잡힐 때까지는 그가 조직을 이끌어야 했다.

"도대체 어떤 새끼야!!!"

이미 이성을 잃은 지는 꽤 되었다.

화가 머리끝까지 차올라 어쩔 줄을 모르는 오덕팔.

하지만 다시 상황을 재점검했다.

무식하게 주먹만 세다고 보스가 되는 것이 아니었다.

"알아보고 있습니다만, 변호사를 접촉한 애들 말로는… 나비 마스크를 착용한 젊은 놈이라고 합니다."

"나비 마스크?"

어이없는 표정으로 뒷좌석에 앉아 차창 밖을 쳐다보는 오덕팔.

"그건 또 뭐야?"

지방으로 향하기 위해 대기하고 있는 차 안.

부글부글 끓은 화를 내심 식히고 있었다.

"신분이 확인되지 않았습니다만……."

"다만? 뭐야, 짐작 가는 놈이라도 있다는 말이야?"

"사실, 그놈일 수도 있다는 생각을 했습니다. 혼자였다면 더더구나 그놈밖에 없습니다."

상급 조직원들을 모두 초토화시켰다.

장인철의 머릿속을 내내 떠나지 않고 있었던 한 인물.

"그 자식이라면… 헉! 서, 설마 그 새끼?"

"네, 그놈과 연관이…….."

"으으… 강민…….."

장인철과 오덕팔은 같은 인물을 떠올리고 있었다.

강민이라면 3년 전부터 뭔가 큰 사건을 칠 것으로 짐작하고 있었던 놈이다.

나타나자마자 대형 사건을 터뜨리고 말았다.

"아는 경찰들 통해 알아보시면 알겠지만 쉽게 증거를 잡을 수는 없을 것 같습니다. 놈이 지내고 있는 곳이 오성그룹 저택입니다. 쉽게 건들 수 없습니다."

"완전 계획적이었군, 크으…….."

식히고 있던 심장의 불길이 다시 타올랐다.

오덕팔의 입술을 비집고 신음이 절로 새나왔다.

"다른 소식이 들어오면 전화 드리겠습니다. 애들한테 주소를 보냈으니 그냥 가시면 됩니다."

"그래, 장 상무만 믿겠어."

"최선을 다하겠습니다."

이 바닥에 발을 담그고부터 감방 몇 번에, 몸을 피하는 일은 수도 없이 많았다.

이골이 났지만 보스가 되고 나서는 처음 맞닥뜨리고 있는 일이었다.

현장에서 피해 있어야 한다는 게 결국 도망을 치는 것인데 오덕팔은 자존심에 속이 뒤집어질 대로 뒤집어져 있었다.

그러나 지금은 장인철의 말이 백번 맞는 상황.

화를 누르고 조직을 부탁했다.

자칫 잘못했다가는 지금껏 쌓아올린 모든 부와 명예가 물거품처럼 사라져 버릴 수 있었다.

"그래, 끊겠다."

"쉬십시오."

끼릭.

"강민, 이 씨벌놈의 새끼……."

으드득.

통화를 마치고 눈을 부라리는 오덕팔.

이를 갈았다.

"쪽빠리 새끼들은 뭐하는 거야. 그 새끼 나왔다고 연락한 지가 언젠데!"

괜히 일본 닌자들을 향해 분을 터뜨렸다.

이번에는 절대 걱정하지 말라고 큰소리를 쳤던 일월문.

전혀 믿음이 가지 않았다.

대한민국 내 날고 긴다는 조직의 행동대원들이 개박살이 나버렸다.

일본 닌자라고 이런 상황에서는 처지가 다를 게 없었다.

"하아……."

스트레스를 받기 시작하자 오덕팔의 심장은 바늘로 쑤시는 것처럼 통증이 느껴졌다.

부우우웅.

낮게 깔리기 시작한 어둠을 헤치고 중형차가 묵직하게 도로를 달리기 시작했다.

또각또각.

"와우~ 죽이는데?"

"가죽 치마가 아주 예술이네~"

"내 여친은 도대체 어디 있는 거야. 설마 아직 유치원 졸업도 못한 건 아니겠지?"

"도둑놈 새끼."

"시끄러 짜샤. 여자 친구 있는 너는 자격 상실이야."

오성그룹 저택 내 경비실.

모니터를 살피던 경비요원 두 사람이 말을 주고받았다.

저택에서 열리고 있는 파티에 초대된 손님들이 엄청나게 몰려오면서 정신없이 눈이 돌아갔다.

평소에는 몇몇 움직임만 살피면 됐지만 오늘은 상황이 좀 달랐다.

모니터에 비치는 뭇 여성들의 모습에 농담이 절로 나왔다.

게다가 오늘은 저택 경비 요원들뿐만 아니라 그룹 내에 소속돼 있는 경호원들까지 지원을 나와 있는 상태였다.

약 100여 명의 인원이 저택 안팎을 순찰하고 있었다.

평소보다 몇 배나 많은 인력이다.

그럴 만도 한 것이 유명 그룹의 회장 내외분들과 정치인들까지 참석한 오늘의 자리.

한눈을 팔 수 없었다.

그 와중에도 눈에 확 띄는 한 여인의 자태가 있었다.

고급 승용차들이 즐비하게 서 있는 저택 담 길을 따라 한가롭게 걷고 있었다.

검은 가죽 모자까지 살짝 눌러쓰고 짧은 가죽스커트에 상의까지 전체적으로 짝 빼입은 여인.

키가 그렇게 커 보이지는 않았다.

하지만 뭇 남성들의 로망이라 할 만큼 늘씬하게 빠진 다리와 볼륨과 확실하게 보여주는 각선미는 시선을 사로잡기에 충분했다.

"손님인가? 자꾸 저택 쪽을 살피는 것 같아."

"흐음……."

경비실 내에는 저택을 감시하는 카메라가 20여 대.

그 화면들이 모두 돌아가고 있었다.

1,000만 화소수가 넘어가는 최신형 감시 카메라에 유난히 선명하게 들어오고 있는 여성.

사락.

"웁스~"

"크으!"

화면에 잡힌 여성이 갑자기 덥다는 듯 가죽 재킷을 벗어들었다.

순간 드러난 확실한 바스트 라인을 자랑하는 상체의 모습.

거의 만땅으로 불어놓은 풍선처럼 부푼 바스트는 젊은 경호원들의 입에서 절로 신음이 흘러나오게 했다.

모니터에 잡힌 화면만으로도 탱탱하게 느껴지는 여성의 볼륨.

씨익.

"……??"

살짝 몸을 돌리는가 싶더니 정확하게 감시 카메라를 향해 매혹적인 미소를 날렸다.

또각또각.

그러고는 경호원들의 정신을 쏙 빼놓고 여성은 다시 걷던 길을 계속 갔다.

여우에게 홀린 듯한 순간.

모니터를 쳐다보고 있던 경호원들의 정신이 멍해졌다.

"뭣들 하는 거야? 정신 안 차리고!"

"티, 팀장님."

호랑이 같은 경호 팀장의 호통에 그제야 정신을 차리는 두 사람.

"뭐야? 누가 있어?"

얼을 빼고 쳐다보고 있던 모니터를 경호 팀장이 쳐다봤다.

"저기 가는 여자가… 어?"

"어!"

하지만 눈만 동그랗게 커진 경호 요원.

없었다.

분명 모니터를 향해 웃음을 날리던 여인이 걷고 있었는데 텅 비었다.

순식간에 사라진 것이다.

"뭐야. 두 사람 시말서 쓰고 싶어? 오늘이 어떤 날인데 이렇게 정신을 놓고 있어? 풀가동하는 거 몰라?"

비어 있는 모니터를 사방으로 훑어보는 요원들을 향해 인상을 구기며 호통을 쳤다.

다른 날 같지 않게 신경이 날카로울 수밖에 없는 날이다.

예민하지 않으면 그게 더 이상했다.

"C팀, 경호실로 들어오고, 니들 둘은 나가서 순찰이나 돌아!"

"네, 넵!"

"넵!"

평소와 달리 까칠하게 나오는 경호 팀장의 말에 경호 요원 두 사람은 주섬주섬 챙겨 밖으로 나갔다.

그제야 정신이 들었다.

지금 현재 얼마나 자리에서 일을 맡고 있었는지 망각해 버린 경호 요원.

자칫 모니터를 잘못 감시했다가는 예기치 않은 상황에 직면할 수도 있었다.

띠링 띠리리링 따라라라 ♬

'이게 무슨 생일 파티야? 대연회 수준이지.'

잔잔하게 들려오던 연주는 정원으로 나오자 더 선명하고 경쾌하게 들려왔다.

그리고 한눈에 들어온 눈앞의 광경.

진짜 영화에서나 보던 정원 파티의 극치를 보는 듯했다.

여성들은 모두 다 드레스에, 남성들은 깔끔한 정장 차림들이었다.

대충 봐도 다양한 연령층의 인사들과 그의 부인들이 참석했다.

더러 싱글로 여기저기 흩어져 파티를 즐기는 사람들도 눈에 띄었다.

"와인 한 잔."

"여기 있습니다."

깔끔한 복장을 갖춘 웨이트리스들이 쟁반 위에 샴페인과 와인을 준비해 정원을 돌았다.

춤을 추거나 노래를 하는 무대만 빠졌지, 저택 정원에서 열리는 파티는 거대한 호텔 야외 파티장 못지않았다.

"민아, 그거 알아?"

"뭐?"

옆에 걷던 예린이가 자신의 얼굴을 바짝 귀에 가까이 대며 말했다.

"우리 아빠 생신 때는 그냥 집에서 가족들끼리 밥만 먹는다. 근데 엄마 생신 때는 매번 이렇게 난리가 나."

"왜?"

"호호호, 왜긴 왜야. 아빠 발보다 엄마 발이 더 크니까 그렇지."

나를 비롯해 보통 사람들 생각에는 분명 밤낮 없이 회사 일에 매진하는 유병철 회장의 인맥이 더 넓을 것 같았다.

하지만 대신 더 시간이 여유로운 윤라희 여사.

그러다 보니 인맥 넓힐 시간은 윤라희 여사에게 더 많았다.

정치인들과 고위 관료들 대부분 권력을 향유할 시간이 짧지만 오성그룹은 그렇지 않았다.

지난 수십 년간 대한민국 재계 서열 1위를 지키고 있는 기업.

안주인 생일이 조용하게 치러진다는 게 더 말이 안 되는 모양이었다.

"오! 우리 귀여운 막내 공주님이 납시었군~"

"막내 당숙님~!"

"하하, 어느새 이리 컸니. 이제 시집가도 되겠구나."

'저 사람이 한일 그룹 유병세 회장이군.'

나이 오십대 후반의 머리가 살짝 벗겨진 넉넉한 인상의 인물.

소탈한 웃음을 보이며 예린이를 맞았다.

익히 얼굴이 알려져 있는 오성그룹 방계 그룹.

유병철 회장의 사촌 동생이자 네트웍스와 필름 제조업체를 운영하고 있는 인물이다.

사업적 수완은 떨어져도 오성의 지원 덕분에 100대 기업 순위에 들어 있었다.

"요즘 누가 시집을 그렇게 빨리 가요~ 전 서른 살 넘어갈 거예요. 신나게 놀다가요~"

"그래? 이거 어쩌나. 요즘 부쩍 우리 예린이 소개해 달라는 가문이 많았는데 등쌀 좀 시달리겠구나. 하하하하."

진담 같은 말을 농담처럼 주고받는 예린이와 유병세 회장.

사촌 작은 아버지를 대하는 예린이의 모습에서 편안함이 느껴졌다.

전혀 계산되지 않는 가족의 모습으로 보였다.

아무래도 유병세 회장 입장에서도 오성그룹 방계로써 지켜야 하는 선을 알고 있는 듯했다.

직계가 바로 서야 그 외야를 지키는 방계도 함께 살 수 있는 구도를 알기에 욕심을 드러내지 않는 것이다.

"좀 참아 달라고 하세요. 저는 아직 준비가 안 돼 있으니까요~ 호호호."

눈가에 생긋 웃음을 띠며 유병세 회장에게 애교를 보였다.

안면은 있지만 사업상 연결돼 있는 인사들을 대할 때와는 전혀 다른 태도를 보이고 있는 예린이.

같은 핏줄에 대한 예의라도 지키는 듯 최대한 살갑게 굴었다.

"그런데… 이 친구는 누구인가?"

"제 남자 친구예요."

"나, 남자 친구? 그럼 소문이 사실이었어?"

"소문났어요?"

"그럼. 예린이 네 남자 친구가 저택에 함께 살고 있다고 친척들 사이에 소문 쫙 났지."

"어머~ 어떡해요. 민이는 진짜 고등학교 때 친구인데, 저 시집 못가면 누가 책임지려고 그런 소문을……."

'뭐야, 너도 보통 여자인 거야? 그것도 꼬리가 세 개쯤 달린…….'

말은 시집을 못 간다고 하면서 눈빛은 괜히 기쁨을 감추지 못하는 표정이다.

"안녕하십니까. 예린이 고등학교 때 친구 강민입니다."

"오! 강민, 만나서 반갑네. 소문보다 잘생겼군."

"감사합니다."

"하하, 앞으로 자주 볼 것 같은데 인사하지. 나 예린이 당숙 유병세라고 하네."

깍듯하게 예의를 갖춰 어린 나에게 손을 내미는 유병세 회장.

'이러다 진짜 집안사람 되는 거 아냐.'

소문이 어떻게 돌았는지 알 수 없다.

하지만 기업과 기업들 간의 정략결혼이 보편화돼 있는 마당에 괜히 예린이에게 피해가 가지 않을까 하는 생각이 스쳤다.

사실 유병철 회장과 윤라희 여사가 기꺼이 파티에 초대한 것을 보면 예사롭지 않은 행보임은 분명했다.

나를 어떻게 생각하고 있는지 두 분의 생각은 알 길이 없다.

하지만 호의적이란 것은 이미 내가 느낀 바였다.

부쩍 식사 자리에서 윤라희 여사가 나 같은 사위 하나 얻었으면 좋겠다고 자주 말했었다.

당시 한두 번은 농담으로 흘려들었지만 이 자리까지 참석하고 나니 기분이 묘했다.

대 오성그룹 같은 기업에서 나 같은 고아를 사위로 삼을 리는 없었다.

더구나 윤라희 여사와 계약하기를 나와 예린이는 친구로 지낸다는 조건이 분명히 걸려 있었다.

처음부터 나를 그 어떤 형태로든 오성그룹과 연관 짓고 싶지 않았다는 증거였다.

물론 그 약속을 평생 지키고 싶은 건 나였다.

하지만 분위기가 묘하게 흘러가고 있는 것만은 분명했다.

"아가씨, 사모님이 찾으십니다."

그때 집안일을 돕는 도우미 한 분이 예린이를 불렀다.

거리가 좀 있는 곳에서 윤라희 여사와 유병철 회장이 예린이를 기다리고 있었다.

"민아, 잠깐만."

"응~"

"당숙님 잠시 실례할게요."

"그래라."

유병세 회장을 향해 가볍게 고개를 숙여 보이고 부모님이 기다리는 곳으로 걸음을 옮기는 예린이.

돌아서는 뒷모습이 참 흐뭇했다(?).

"땡잡았군."

"네?"

"소문이 자자하게 났어. 오성그룹 막내 사위가 그새 저택에서 같이 산다고 말이야."

예린이가 자리를 비키자 눈빛이 달라진 유병세 회장.

나를 다 안다는 듯한 눈빛으로 축하인사를 전했다.

"아, 아닙니다. 전 단지 갈 곳이 없어 잠깐……."

"왜 이러나. 형수님이 어떤 분인지 분인데. 형님 직계들도 이 저택에서 하룻밤 묵어가는 게 하늘의 별따기야. 나도 어릴 적 딱 한 번 손님방에 들어 잔 적이 있지. 아마 이후

두 번은 없었지 싶어."

'대단하시군.'

그렇다면 내가 쓰는 방을 사촌들에게도 내어주지 않았다는 말이었다.

입장이 다르긴 하지만 나에게도 처음부터 호의적이었던 것은 아니었다.

처음 저택에 들어왔을 때 나름 윤라희 여사가 제시한 시험에 통과하지 못했다면 밖에 묵을 자리를 마련해 주었을 분이었다.

몇 푼 돈을 던져 주고 밖에 방을 마련해 주는 게 더 어울렸을 테니까 말이다.

"하하하, 정말 아닙니다. 사위라니요. 회장님이나 사모님께서 그렇게 눈이 낮은 분들도 아니시고 말입니다."

나는 최대한 담담하게 말하고 호탕하게 웃으며 부정했다.

"하하하, 됐네. 내가 형님과 보낸 세월이 반백년이야. 자네보다 형님 성격을 내가 알아도 더 잘 알지."

'어? 회장님이?'

물론 유병철 회장이 나에게 갖고 있는 호의적인 감정은 이미 알고 있었다.

처음 만남부터가 나를 호의적으로 대해주셨던 분이었다.

하지만 백수건달에게 애지중지 귀한 막내딸을 내놓으실
분은 아니었다.

"잘 부탁하네."

"네? 네에……."

다른 의미의 악수를 다시 한 번 청하는 유병세 회장.

짚어도 한참 뭔가를 잘못 짚고 있는 듯했다.

하지만 거절할 수 없어 공손하게 손을 맞잡았다.

그리고 손을 뺀 유병세 회장은 다른 인사들이 삼삼오오
모여 얘기하고 있는 틈으로 사라졌다.

그의 생각대로 내가 예린이의 짝이라도 된다면 나라는
존재가 결코 무시할 수만은 없는 사람일 것이다.

'거 몇 달만 더 있다가는 기정사실이 되겠군.'

오성그룹 직계 가족들 사이에 소문이 쫙 퍼졌다고 한다
면 사건이 제법 심각했다.

대한민국 내에서 오성그룹 눈 밖에 나서 흥할 수 있는 사
람은 단 한 명도 없을 것이다.

잘못 찍히기 전에 서둘러 튀어야 했다.

"저 총각이 예린이 남자 친구야?"

"잘생겼네~"

"호호, 예린이가 언니보다 눈이 높네."

"너무 어린 거 아냐?"

"뭐, 어때~ 젊을 때 뜨겁게 청춘을 불태우는 것도 나쁘지 않지."

"호호호, 그것도 맞아."

유병세 회장이 사라진 자리쯤에서 드레스를 차려입은 중년의 여성들을 비롯해 젊은 아가씨들이 일제히 나를 훑기 시작했다.

그들끼리 소곤거린다고 하는 소리들이었지만 나의 귀에는 선명하게 전달되는 대화들.

'…이거 이거 안 되겠군.'

생각이 짧았다.

턱시도처럼 디자인이 빠진 정장을 장에 갖춰 놓았을 때 눈치챘어야 했다.

뭔가 알 수 없는 음모가 착착 진행되고 있는 것 같은 느낌이 엄습해 왔다.

파슷.

'흐음, 이 기운은 뭐지?'

묘한 시선으로 나를 계속해서 훑는 여성들의 시선 속에 다른 기운도 섞여 있었다.

분명하게 다른 기운.

그것은 조금 전부터 담 너머 바깥에서 풍겨 들어오고 있었다.

살기까지는 아니지만 예민해질 대로 예민해진 나에게 잡히는 이질적 기운임은 확실했다.

평범한 보통 사람들은 풍겨낼 수 없는 다른 기.

다른 시선이 이 저택 안을 감시하고 있는 게 분명했다.

스슷.

하지만 약해졌다.

그리고 순식간에 잡히지 않을 만큼 조용히 사라졌다.

물밑을 흘러 뭍을 공략하려는 잠수함 같은 느낌이 들었다.

'이거 또 설마… 아니야 아니야.'

괜히 심리적으로 불편해지기 시작했다.

또 사건이 터지면 안 되었다.

불안감이 살짝 스치긴 했지만 나는 애써 부정했다.

깡패들이 처들어오는 것이 아니라면 크게 문제될 것은 없었다.

다행히 1차 정리를 끝내놓은 상황.

그렇다고 나를 겨냥한 모든 적이 사라졌다고는 장담할 수 없다.

스윽.

옆을 지나가는 웨이트리스의 쟁반 위에서 화이트 와인 한 잔을 집어 들었다.

그리고,

'오! 저 새끼들도 왔네.'

눈에 확 들어온 만만한 먹잇감.

한 놈이 선명하게 나의 레이더에 포착되었다.

잘 빼입은 옷차림.

생겨 먹은 것은 없던 입맛 더 떨어지게 할 상판.

익히 얼굴을 알고 있는 재벌 후계자들 무리다.

지저분한 방법으로 세아 누나를 괴롭히던 바람둥이 이찬명.

그리고 에스칼 그룹 후계자 최문혁이다.

저벅저벅.

그렇잖아도 심심하던 차에 아는 얼굴을 보니 반가웠다.

나는 걸음을 옮겼다.

내가 다가오는 줄도 모르고 자기들끼리 잘났다고 낄낄거리며 대화를 나누고 있었다.

나의 그림자가 그들 발밑에 닿았다.

내가 봐도 꽤 사악한 기운의 그림자다.

'뜨기 전에 제대로 인사는 해야지.'

짧은 경험으로 체득한 것이지만 애초 악인은 착한 사람으로 변모하기가 어렵다.

거의 하늘에서 내리친 번개에 팝콘을 튀기는 게 더 빠를 정도.

고개를 쳐들기 전에 질끈 밟아놓아야 그래도 사람 무서운 줄을 조금 알까.

세계 평화까지는 바라지 않는다.

단지 내가 머물렀던 곳 주변으로 잠시 동안만이라도 평화가 깃들기를 바라는 마음이다.

사철파의 이영식 회장이 했던 말이 떠올랐다.

나 역시 늘 하는 생각이지만 나는 결코 정의의 사도가 아니다.

대신 동네 청소부 정도의 역할은 충분히 감당하며 살고 싶다.

나와 내 주변 사람들의 편리를 위하는 일 정도라고 해두면 좋겠다.

그 정도 수고는 하고 사는 게 또 멋진 인생 아니겠는가.

"누구한테 당한 거야? 넌 들은 거 있어?"

"없습니다. 아버지께서 궁금해 검찰청 정보를 알아보셨는데 짐작 가는 놈이 없다고 합니다."

"확실히 지들끼리 싸운 건 아니란 거지?"

"그런 것 같습니다. 마스크 쓴 놈이 나타나서 공격했다는데… 여론과 정치권 압력에 폭력배들 싸움으로 결론 날 것 같다고 합니다."

"슈퍼맨이야? 그것도 아니면 뭐, 황비홍이라도 나타났다는 거야?"

내키지는 않지만 한 번씩 꼭 필요한 것이 깡패들의 힘이었다.

당분간은 그들의 손을 빌릴 수 없게 된 재벌 후계자들.

법과 재력이 미치지 않는 곳에 주먹만큼 빠른 답이 없다는 것을 잘 알고 있었다.

"어이~ 형님들."

예상치 못한 조직원들의 와해로 별 볼 일 없는 하루하루를 보내고 있었던 이들.

그들의 귀를 파고드는 능글거리는 목소리 하나가 대화의 흐름을 끊고 끼어들었다.

스윽.

술 한 잔씩을 들고 고개를 돌렸다.

"헛!"

"······!!"

할 말을 잃은 듯 입을 벌리는 이찬명과 최문혁.

"하하, 오랜만입니다, 이 형~"

환한 웃음을 띠고 반갑게 다가서는 한 남자.

웬만해선 소화하기 힘든 진청색 정장 슈트를 깔끔하게

빼입고 나비넥타이를 목에 둘렀다.

완벽하게 쫙 빠진 체형.

"가, 강민."

이찬명이 짧은 신음처럼 강민의 이름을 내뱉었다.

오성그룹 저택에서 열리는 파티에 참석하면서 예상하지 않았던 만남은 아니었다.

그래서 최대한 움직임을 줄이고 한 곳에 서 있었다.

마주치는 것을 피하기 위한 이찬명만의 방법이었다.

강민의 눈동자는 먹이를 발견한 사자의 눈빛과 흡사했다.

파르르.

이찬명의 손에 들린 잔이 파르르 떨렸다.

머릿속을 가득 채우는 3년 전의 악몽.

오성그룹 저택에서 만나게 된 것도 놀라웠지만 다시 이렇게 직접 대면한 게 믿어지지 않았다.

두 다리의 힘이 다 빠지는 것 같았다.

한참 잘난 척하던 늑대가 등 뒤의 사자를 발견한 것 같은 분위기였다.

제4장
사랑은 그런 것이다

"호오, 제법이네. 이런 저택에 숨어든 걸 보니~"

오성그룹 저택을 둘러싼 골목길을 빙 둘러 한 번 살폈다.

저택 주변을 감시하는 CCTV를 모두 파악한 여인.

붉은 입술이 꽃잎처럼 열렸다 닫혔다.

들어온 정보에 의하면 오늘 이 저택에 대한민국 정재계 인사들이 거의 다 참석한다고 했다.

그래서 그런지, 경비가 삼엄했다.

공중으로 날아 침입하지 않는 한 까다로운 각종 적외선 센서가 쫙 깔려 있는 저택.

경호원들도 일반인들 치고는 적잖은 실력을 갖춘 자들이었다.

한두 차례 주변을 돌면 살펴본 결과 침입이 쉽지 않을 것으로 보였다.

마음먹고 침입을 감행하면 가능했지만 자칫 일이 커질 우려가 있었다.

개인과 대한민국 재계 서열 1위 기업이 관련된 사건이라면 비밀을 지킬 수 없게 될 가능성이 컸다.

"일단 며칠 더 지켜봐야겠어. 죽을 사람 소원 당겨 들어주는 거야. 이래 봬도 나 미요코는 선량한 닌자니까. 후후."

들릴 듯 말 듯 조용히 웃음을 흘리는 미요코.

파밧.

그때 그녀의 몸 주변에서 차갑고 사나운 기운이 요동쳤다.

3년이란 시간을 쉼없이 달려왔다.

지옥의 십이매방관을 돌파했다.

놈의 목을 따는 것은 이제 식은 죽 먹기였다.

하지만 잠깐의 시간을 더 주기로 마음을 먹었다.

딱 봐도 인생의 즐거움을 이제 맛보고 있는 눈치다.

자다가 죽임을 당한다면 억울할 만한 시기.

약간의 행복을 더 누리게 해주고 싶어졌다.

일월문의 가장 강력한 고수라는 타이틀을 얻게 된 것도 모두 녀석의 덕이었다.

녀석 덕분에 고수가 되었으니 그 빚을 갚는다 생각하면 마음이 한결 가벼워질 것이다.

또각또각.

선명하고 가벼운 발걸음 소리를 남기고 어두운 골목으로 사라지는 미요코.

희미한 가로등을 뒤로하고 사라지는 그녀의 모습이 불빛에 반사되었다.

매혹적이지만 치명적인 가시를 품은 닌자.

그녀의 그림자가 지나간 자리에 진한 가죽 냄새가 남았다.

은은하면서 차갑고 또 달콤한 향기가 함께 허공에 흩어졌다.

"뭐, 귀신이라도 본 듯한 얼굴들입니다. 죄진 거라도 있습니까?"

"무, 무슨 소리야!"

되레 놀라 버럭 큰소리를 치는 이찬명.

'이, 이 새끼 뭔가 알고 있는 거야?'

조직폭력배들에게 강민의 위치를 알리고 처리해 줄 것을

사주했던 이찬명이었다.

강민의 눈을 보는 순간 심장을 갑자기 누군가 쥐어짜는 듯한 공포가 느껴졌다.

잊고 싶어도 지워지지 않던 기억.

뇌리에 깊숙이 박혀 언제부터인가 이찬명의 트라우마가 돼 버린 사건.

벌써 3년이란 시간이 흘렀다.

장세아의 집 옥탑방에서 강민에게 밟혔던 그때의 일.

살아오면서 단 한 번도 겪지 않았던 수모와 악몽, 그리고 고통이었다.

"뭐야, 말이 좀 심한 거 아냐? 언제 봤다고 시비야?"

강민에게 적개심이 가득한 최문혁이 나섰다.

"시비? 내가 뭘 어쨌다고 이러시나들."

"이 자식이 어디서 반발이야!"

"그러는 그쪽은 왜 반말인데요?"

"뭐, 뭐라고!"

강민의 여유있고 넉살 넘치는 대꾸에 최문혁의 얼굴은 순식간에 벌겋게 달아올랐다.

아직 강민의 진정한 정체를 알지 못하는 최문혁은 이찬명처럼 두려워하는 기색이 없었다.

"그쪽 부친께서 한 번 놀러오라고 했는데. 찾아가서 아드님 교육 똑바로 시키라고 충고라도 할까? 아무한테도 반말 찍찍 뱉는 건 뼈대있는 가문의 자제가 할 행동은 아닌 것 같은데."

"이, 이 새끼가!"

최문혁의 정체를 알고도 거칠 것이 없어 보이는 강민.

'이 밥맛없는 새끼를!'

마음 같아서는 당장 이 자리에서 밟아주고 싶은 녀석이다.

하지만 오성그룹 안주인의 생일 파티가 열리는 자리.

최문혁은 부글부글 속이 끓어올랐다.

"뭘 그렇게까지 꼬나보시나. 눈 아프게."

"이이……."

"가, 가자."

"형! 이 새끼 확 밟아버리죠!"

분위기가 긴장을 타기 시작하자 최문혁의 팔을 살짝 당기며 이찬명이 자리를 피하려 했다.

하지만 이찬명의 입장을 전혀 모르는 최문혁은 안하무인처럼 더 열을 올렸다.

"무, 문혁아."

강민의 주먹맛을 제대로 본 적이 있는 이찬명의 얼굴색은 이미 하얗게 질리고 있었다.

인정사정없었던 강민이 이 자리에서 또 어떻게 나올지 몰랐다.

'호, 혹시 저 새끼가!'

그리고 불현듯 이찬명의 뇌리를 스치는 것이 있었다.

꿀꺽.

이번에 크게 터진 깡패들 집단 폭력 사건.

이찬명은 자신도 모르게 눈에 띄게 몸을 떨었다.

그리고 마른침이 목을 넘어가지 못해 호흡이 꼬였다.

상상하고 있는 게 사실이 아닐지도 모른다.

그러나 강민이라면 가능했을 것이다.

분명 이찬명이 본 강민의 무술 실력은 꽤 수준이 높았다.

사라졌던 3년 동안의 행적을 모르는 현재로서는 강민이 더 의심스러웠다.

어딘가에 숨어 실력을 더 연마했다고 가정한다면 충분히 그 정도 깡패들 박살 내는 것도 어렵지는 않았을 것이다.

특히 친척들 사이에 쫙 퍼져 있는 소문도 신경에 거슬리던 참이다.

차기 오성그룹 막내딸 사윗감이라고 입에 오르내리고 있는 상황.

가뜩이나 이찬명의 모친이 현재 상속 문제로 소송을 들

먹여 사이가 좋지 않았다.

그런 마당에 괜히 강민을 건드려 시빗거리를 만들고 싶지 않았다.

어떤 꼴을 당할지 모른다.

오성과의 사이가 멀어지고 있다는 소문만으로 벌써 국세청이 움직였다는 말까지 나왔다.

이 자리 역시 초대받지 못했지만 인사차 찾아온 자리였다.

이찬명이 지금까지 자신이 누려왔던 모든 것들이 오성에 뿌리를 두고 얻어졌다는 사실을 최근에야 뼈저리게 실감하고 있었다.

오성과 적대 관계가 되는 순간 대원 같은 대기업도 제대로 타격을 입을 수 있었다.

거미줄처럼 엮여 있는 기업 간의 거래.

"어이, 최문혁 씨, 나 밟을 생각 말고 몸 관리나 잘해. 눈동자를 보니 몇 번 얼었다 녹았다 반복한 동태 눈깔 저리 가라야."

강민이 최문혁을 상대로 비아냥거렸다.

이찬명은 자신에게 한 말도 아닌데 등에 식은땀이 흐르는 것 같았다.

"적당히 해야지. 몸에서 약 냄새가 진동하잖아? 건전하게 사는 사람들한테 민폐는 끼치지 말아야지."

흠칫.

수시로 약을 하고 있던 최문혁은 강민이 무슨 말을 하는지 단박에 알아챘다.

순간 긴장감이 온몸을 훑었다.

"그러다 신문에 오르내리면 에스칼 그룹 이미지가 뭐가 되겠어. 아버님 성품도 장난이 아닌 것 같던데 싸대기 터지기 전에 잘 처신을 해야지. 아무데서나 그렇게 누런 이빨 드러내지 말고 말이야."

말은 충고를 하는 같았지만 이찬명의 눈에 강민은 싸움을 거는 것처럼 보였다.

선전포고와 같은 강민의 태도.

"너 이 새끼… 죽여 버리겠어."

"뭐? 약에 취해서? 푸하하하하."

낮게 내깔리는 최문혁의 목소리와 달리 주변 사람들이 시선을 돌릴 만큼 크게 웃음을 터뜨리는 강민.

고의적으로 어떤 상황을 의도하고 있는 게 분명했다.

"뒤지고 싶으면 뭔 짓을 못하겠냐. 설악산 흔들바위 머리에 이고 100박 101일 굴러야 정신을 차리려나. 야, 최문혁. 정신 차려 새끼야. 니 아버지가 회장이지, 니가 회장이냐? 사내새끼가 주둥이만 살아가지고. 너 그러다 며칠 전 깡패

새끼들 가듯 그렇게 가는 수가 있어. 그것도 영원히. …박
박 기면서 빌어먹고 싶지 않으면 내 앞에서 주둥이 조심해
서 놀리는 게 좋아. 흐흐."

분명 강민의 얼굴 표정은 웃고 있었지만 눈빛은 차갑기
그지없었다.

"……!"

그제야 뭔가 싸늘한 기운을 감지한 최문혁.

최근 며칠 동안 각 언론을 시끄럽게 달구었던 조폭들 간
의 싸움.

그리고 처참한 몰락의 길을 걷고 있는 오늘의 조직폭력
배들.

제대로 이상한 감이 왔다.

"가, 강민, 화 풀어. 얘가 아무것도 몰라. 가자, 문혁아."

뭔가 낌새를 챈 듯 최문혁의 얼굴이 삽시간에 굳어졌다.

이를 곧바로 알아본 이찬명이 최문혁을 다시 끌어당겼
다.

그런 이찬명의 이마 위로 식은땀이 비쳤다.

두 번 다시 강민과 부딪히고 싶지 않다는 생각이 이찬명
을 사로잡고 있었다.

'저 새끼 건들면 죽을 수도 있다. 진짜…….'

돈과 권력으로 웬만한 일들은 모두 처리가 가능했었다.

하지만 그것만으로 대처할 수 없는 놈이 바로 강민.

세상에 무서울 게 없는 놈이다.

협박할 가족도 없다.

게다가 특수한 무술까지 연마해 실제 영화에서나 그려지던 놈처럼 굴었다.

조직폭력배들이 총기까지 동원했다는 사실을 이찬명은 잘 알고 있었다.

그런 그들을 제압해서 반병신을 만들어 놓은 무서운 놈.

보지는 않았지만 분명 강민이 그놈인 게 분명했다.

건들면 안 된다.

뼛속 깊이 각인된 강민의 인상.

절대 인연을 만들면 안 된다는 사실을 다시 한 번 되새기며 이찬명은 뒷걸음을 옮겼다.

"찬명이 형님~ 그놈 잘 간수하세요. 기저귀 더 차고 있어야 할 놈이 세상 무서운 줄 모르잖아요. 하하하."

언제부터 그렇게 친밀했다고 형님 소리를 넉살 좋게 내뱉은 강민.

"아, 알았어… 요."

이찬명의 입에서 자신도 모르게 대답이 흘러나왔다.

기가 제대로 죽었다.

다시 강민을 만나게 되면 곧바로 꼬리를 내리고 길 정도의 모습이었다.

"이, 이 새끼를……."

아직 상황을 정확하게 파악하지 못한 최문혁.

"최문혁, 입 닥쳐!"

그때 갑자기 이찬명이 최문혁의 멱살을 잡으며 눈을 부라렸다.

강민과 마주치는 일을 최대한 피하기 위해 정원 가장자리 쪽을 선택했던 이찬명.

음악 소리에 묻혀 잘 들리지 않았지만 분명 최문혁을 향해 버럭 소리를 질렀다.

언뜻 은밀한 대화를 나누는 듯한 두 사람의 모습.

"혀, 형님."

"조용히 있다 가겠습니다."

비굴할 정도로 꼬리를 내려 버린 이찬명.

강민을 향해 눈인사를 했다.

"그러세요~ 제 집은 아니지만 편하게 놀다 가세요~"

이찬명의 처세에 강민도 자연스럽게 행동했다.

선심을 쓰듯 말하는 강민.

휘적휘적.

한바탕 분위기를 휘저어놓고 별일 아니라는 듯 걸음도 가볍게 와인잔을 든 채 돌아섰다.

"형님, 왜 저런 새끼한테……."

이찬명의 행동이 절대 이해가 되지 않는 눈빛으로 최문혁이 의구심을 보였다.

"너 한 번만 저 새끼 이름 입에 올리면 나 못 보는 줄 알아라."

"네??"

"건들지 않는 게 좋아. 너만 다치는 게 아니다. 그룹까지 위험해질 수 있어."

이찬명에게 강민은 야생에서 살다 동물원에 들어온 맹수나 다름없었다.

자칫 텃새를 부린다고 까불었다 물려 죽기 십상이다.

상세하게 설명할 수 없었지만 이찬명은 나이를 먹고 세상 돌아가는 걸 조금 안 것으로 최문혁에게 경고를 했다.

아직 세상 무서운 것을 전혀 모르는 최문혁은 짐작도 못할 강한 느낌.

최문혁 역시 왜 밀림에서 사자가 왕으로 군림하는지 정도는 알고 있어야 했다.

"진짜 무서운 놈이야. 그 사실만 알아둬라."

"떠나자……."

"안 돼요. 오늘따라 왜 이래요. 상황을 몰라서 그러는 거예요?"

"내가 몰라서 그러는 것 같아?"

"오늘 정재계 인사들도 많이 참석해 있어요. 재명 씨는 개인이 아니라 오성을 대표하는 사람이에요!"

"다 필요없어! 돈, 명예, 지위? 그런 거 내 인생에 별로 중요하지 않다는 걸 깨달았어. 그만하자……."

"재명 씨."

"우리 맘껏 사랑하면서 살자. 작은 집이면 어때. 마음 편하게 아이 낳고 살다 같이 죽자!"

"재, 재명 씨……."

'어라? 저건 또 뭐하는 시추에이션인가?'

최문혁과 이찬명의 정신을 혼미하게 해놓고 정원을 한 바퀴 돌았다.

초대를 받긴 했지만 사실 내가 낄 만한 자리는 아니었다.

괜히 파티 장소에 버젓이 서 있다가는 빼도 박도 못 하고 예린이 신랑감이 되는 수가 있었다.

사양한다고 믿어주는 사람도 없는 마당에 와인 잔을 든 채로 정원을 걷고 있었다.

막 저택 뒤쪽 정원으로 접어들었을 때 남녀 두 사람의 목소리가 들려왔다.

대부분 사람들이 앞쪽 정원에 몰려 있어 뒤쪽은 인적이

없었다.

"유리야, 내가 너를 얼마나… 내가 언제까지 이 꼴을 봐야 속이 시원하겠니. 널 이렇게 이 집에 계속……. 떠나자, 한 몇 년만 아버지 눈에 띄지 않고 숨어 지내면 돼. 필리핀이나 남미 쪽에 가서 살자."

'헐, 유재명 상무? 미친 거 아니야?'

예린이 오빠 유 상무의 목소리였다.

적당히 머리만 굴려도 선대에서 물려준 대한민국 넘버원 그룹을 손에 넣을 수 있는 자리가 유재명 상무의 장자 자리였다.

그룹이 손에 들어오기 직전인데 사랑을 지키겠다고 도피처를 들먹이고 있었다.

조상들이 알면 무덤을 뚫고 손을 뻗고 나와 통곡할 일이다.

유재명 상무의 마음은 어느 정도 이해가 갔지만 이건 아닌 것으로 보였다.

"안 돼요, 두 분을 그렇게 배신할 수는 없어요……."

"유리야!"

"가봐야겠어요. 앞으로 이런 얘기하려면 찾아오지 말아요. 전… 이대로도 충분히 만족해요."

양 실장이 유재명 상무를 밀치고 돌아섰다.

"그런 희망… 욕심… 이미 10년 전에 버렸어요……."

등을 보인 채 젖은 목소리로 말하는 양 실장.

양 실장의 마음이 그대로 전해지는 듯했다.

"크윽……."

유재명 상무가 고개를 떨구었다.

자신의 힘으로는 어떤 해답도 얻을 수 없었던 그 시절 양 실장에 주었던 상처.

지금도 여전히 그때와 크게 다르지 않은 현실이 괴로웠다.

"조금 있다… 나와요. 사모님께서 기다리실 거예요."

양 실장은 금세 감정을 추스르고 돌아선 채 유재명 상무에게 타일렀다.

남자보다 분명 냉정한 게 여성들이었다.

미련없이 걸음을 옮겼다.

사박사박.

오늘 파티의 모든 것을 총괄하고 있는 양 실장.

저택 집사 일을 도맡아 하는 만큼 개인의 감정보다 더 중요한 것이 따로 있다는 것을 잘 알고 있었다.

"크으……."

거의 상처 입은 짐승의 신음 소리를 흘리는 유재명 상무.

주먹을 불끈 움켜쥐었다.

광택이 나는 검은색 턱시도를 입은 모습이 우울해 보이는 기운과 섞이면서 괴기스럽기까지 했다.

모친인 윤라희 여사의 생일을 축하하는 자리임에도 그런 일에는 전혀 관심이 없어 보였다.

"쯧쯧……."

어린 내가 봐도 한심하다는 생각에 혀가 절로 차였다.

"누구야!!"

또 귀는 좋아 혀 차는 소리를 들었는지 버럭 소리를 질렀다.

'한강에서 뺨 맞고 경찰서 가서 시비 걸 사람이네.'

바로 직전까지 분명히 내 눈으로 똑똑히 보았던 패배자의 전형적인 모습의 유재명 상무.

싹 감추고 살기 어린 맹수의 모습으로 바뀌었다.

"하하하, 여기서 뭐하고 계십니까?"

이제 딱 이틀만 더 보면 되는 사람이었다.

그동안 유병철 회장 댁 밥 먹은 값을 할 때가 온 듯했다.

"너, 너 뭐야!"

'보면 모르시나 새삼스럽게 묻고 그러서.'

척 봐도 잘생긴 외모의 청년인 나를 몰라보는 척했다.

게다가 귀퉁이 쪽에서 나타나자 내심 놀랐던 것이다.

"저 강민입니다."

"누가 몰라서 물어! 왜 거기서 나오냐고 묻는 거잖아!"

'판소리 경연대회 출전 준비 중이시나. 왜 버럭거리고 난리셔.'

까칠하게 나오는 유재명 상무를 향해 나는 걸음을 옮겼다.

마음 같아서는 발발거리며 내빼던 이찬명처럼 손이라도 봐주고 싶었지만 그래도 예린이의 오빠라는 신분 때문에 참았다.

"산책을 하고 있었습니다. 그리고 본의 아니게 보고 말았습니다."

"뭐, 뭘! 봐!"

악 못 쓰고 죽은 귀신이 붙었나 입만 열었다 하면 악부터 쓰는 유재명 상무.

나의 말에 난처한 듯 과하다 싶게 목소리를 높였다.

"뭐겠습니까. 양 실장님께 사랑을 구걸하던 중 아니셨습니까?"

"뭐, 뭐라고?"

"못났습니다."

"이, 이 새끼가 어디서!!"

타다닥.

휘이익.

상황 파악도 하지 않은 채 버들가지처럼 여린 주먹을 불끈 쥐고 달려들었다.

스릭.

나는 살짝 몸을 옆으로 돌리며 발을 걸었다.

콰다당.

"컥!"

땅바닥에 그대로 고꾸라지며 짧은 신음을 토했다.

꽤 아팠을 것이다.

"뭐하십니까. 뭐, 동전이라도……."

나는 허리를 숙여 유재명 상무의 얼굴을 쳐다보았다.

"떨어졌습니까?"

오늘 날 제대로 잡았다.

평소에도 저택 내에서 가장 우환거리로 주목되는 유재명 상무.

가장 쉽게는 설악산에서 일주일 코스로 교육을 받는 게 좋았겠지만 지금은 시간이 없었다.

생존을 위해 뛰어야 하는 환경인데 고작 사랑 타령이나 하자고 양 실장을 꼬드겨 튀려 하고 있었다.

오성그룹의 후계자로는 많이 부족하다는 생각이 들었다.

온실 속에서 곱게 키워진 전형적인 부잣집 도련님 수준이었다.

예린이를 위해서라도 나약한 정신을 모두 걷어낼 필요가 있었다.

요즘 같은 시대는 더더욱 이런 캐릭터들은 낙오자가 되기 십상인 세상이다.

세상에 나와 외톨이가 되어도 할 말이 없다.

이 역시 유재명 상무만의 문제가 아니라 유병철 회장과 윤라희 여사의 책임이 클 것이다.

부모의 교육 방침에 따라 만들어진 자녀의 모습일 테니까 말이다.

양 도사가 한때 이런 말을 한 적이 있었다.

부모의 그늘이 큰 것이 좋은 것만도 아니라고 말이다.

자식이 스스로 자신의 그늘을 만들고 영역을 확장해 나갈 때에 큰 부모의 그늘은 장애가 될 수도 있다고 했다.

유재명 상무에게 있어서 유병철 회장의 자리가 그런 것이 아니겠는가.

그 또한 업이라는 것의 다른 모습.

"이 새끼가! 어디서!"

자리에서 벌떡 일어나 옷을 터는 유재명 상무.

휘이익.

신경질이 났는지 다시 나를 향해 주먹을 뻗었다.

턱!

느리고 둔한 주먹에 내가 맞을 리 없었다.

천천히 내 눈앞을 향해 날아드는 주먹을 손으로 잡았다.

"놔, 놔!"

주먹이 내 손에 잡힌 채 움직일 수 없게 되자 유재명 상무는 다리를 뻗었다.

퍽퍽!

하지만 내가 누구인가.

역시 움직임이 둔하고 운동신경도 꽝인 다리를 발로 걸어찼다.

"악!"

힘도 싣지 않고 살짝 다리를 걸어찼을 뿐인데 눈알을 뒤집으며 고통스러워했다.

"왜 그러세요? 많이 아프세요?"

시치미를 뚝 떼며 물었다.

내가 하는 행동이지만 참 친절한(?) 배려가 아닐 수 없었다.

"…죽여 버린다! 이 새끼 내가 누군 줄 알고……."

파바밧.

눈빛 하고는 고약하게 빛났다.

살기를 띤다고 있는 힘껏 눈을 부라렸지만 심지부터가 악한 사람이 못되었다.

'쫌 비슷하네!'

나는 유재명 상무의 눈동자에서 약간의 살기를 감지했다.

평소 보이던 흐리멍덩하고 약해 빠진 눈동자와는 분명 차이가 있었다.

"왜 이러십니까. 저 오래 살 겁니다. 돈도 많이 벌고 예쁜 마누라도 얻고 아이도 낳고 만수무강하게 오~ 래 살고 싶은 꿈을 품은 소시민입니다. 대 오성그룹의 황태자께서 그렇게 험악한 말씀을 하시면 저 같은 사람은 놀라서 단명합니다~"

으드득.

자신을 놀리는 줄 알고 유재명이 이를 갈았다.

나는 감정 없이 유재명의 눈빛을 정확하게 응시했다.

그리고,

"병… 신… 놀고 있네."

"……!!"

갑자기 차갑고 냉정하게 음색이 바뀐 채 욕설을 내뱉자 유재명의 얼굴빛이 바뀌었다.

"왜? 까니까 기분 나쁜가. 대 오성그룹의 황태자께서?"

보는 사람도 없는 마당에 나는 철저하게 이죽거렸다.

"너, 너 이 새끼……!"

말을 제대로 잇지 못하면서 분노의 눈빛을 보였다.

"다른 참신한 욕 없어? 이 빌어먹을 놈이라든가 씨자 들어가는 화끈한 욕 말야."

겉모습만 어른으로 성장한 미성숙 상태의 성인이 너무 많았다.

결혼 한 번 실패한 걸 인생 전부를 실패한 사람처럼 굴고 있으며 아직도 사랑 타령에 정작 자신이 무엇을 해야 하는 사람인지도 망각해 버리는 정신 연령 낮은 성인들.

이제 막 스무 살 문턱을 넘고 있는 나의 눈에도 한심해 보이는데 유병철 회장이나 다른 임직원들 눈에 더할 것이다.

유재명 상무에 대한 예린이의 마음을 대충 짐작하고 있는 나로서는 예린이를 위해서라도 뭔가 극단의 조치가 필요하다고 판단했다.

나는 일부러 반말을 툭툭 던졌다.

"……."

입을 다물어버린 유재명은 눈빛 가득 독기만을 채우고 나를 쏘아 보았다.

'좀 강하게 살면 안 되시나. 나약한 모습 집어치우고…….'

내가 저택에 머무는 동안 느낀 것은 모두가 유재명에 대한 사랑이 크다는 점이다.

다만 표현 방법들이 약간 다르고 서투를 뿐이었다.

또 유병철 회장 같은 경우는 겉으로 드러내는 성품이 아니었다.

유병철 회장 입장에서도 그럴 수밖에 없는 이유가 충분했다.

둘도 아니고 달랑 하나밖에 없는 아들 유재명.

그런 아들을 사랑하지 않을 부모는 세상에 없었다.

"잘 들어. 내가 먹고 잔 값 때문에 충고하는 거야. 어차피 이렇게 된 거 형님 대우는 하지 않겠어. 처음부터 당신도 나 내켜 하지 않았던 거 잘 알고 있어."

눈칫밥으로 살아온 내가 유재명이 보인 나에 대한 적개심을 몰랐을 리 없다.

처음 볼 때부터 나를 얻어먹을 거 없나 하고 예린이를 따라 들어온 길거리 개 취급을 했었다.

예린이를 봐서 지금까지 참았던 것도 있었다.

그런 관계가 아니었다면 밤길 골목 어딘가에서 낚아채 뒷나게 뒤통수 좀 갈겼을 것이다.

"내가 오래 산 사람이 아니라 깊은 충고는 못하지만… 사랑에 그렇게 비굴해서 쓰겠어."

"무, 무슨 헛소리야!"

"시치미 떼지 마. 당신 때문에 괴로워하는 양 실장님이 안 보여? 너만 괴롭다고 생각하는 거야?"

"······."

내가 말하는 바를 제대로 주워듣지 못하는 둔한 유재명.

"볼 때마다 사랑한다고 하고 고작 한다는 짓이 도망이야? 하아, 참 탁월한 선택이네. 10년이 넘도록 오성그룹 저택에서 집사로서 신뢰를 쌓으며 근무해 온 양 실장님을 도련님 꼬셔 내뺀 여자로 만들고 싶으세요~?"

"닥쳐!!"

"뭘 닥쳐!"

"크아아악!"

손아귀에 힘을 넣자 유재명이 비명을 토했다.

"아파? 육체의 아픔은 금방 사라지지. 하지만 마음에 쌓인 고통은 쉽게 사라지지 않는다는 사실, 기억해."

"크윽··· 크······."

점점 강도를 더해 손을 쥐자 고통에 눈이 벌겋게 붉어지는 유재명.

"잘 들어. 두 번 얘기 안 하니까."

내가 여자는 아니지만 심리적으로 볼 때 유재명보다는 내가 좀 더 알 것이다.

여성들은 이렇게 도망치는 사랑을 원할 리 없다.

그럴 바에야 사랑하기 때문에 놓아준다는 말을 할지언정 남자의 미래까지 끊어내며 도망자 신세가 되고 싶지 않을 것이다.

"남자답게 당당하게 굴어. 사랑 하나도 떳떳하게 못하면서 양 실장님을 지킬 수 있을 것 같아? 이 길로 회장님과 사모님께 가. 그리고 고백해. 언젠가 들킬 거라면 당신 입으로 멋지게 밝혀. 그게 양 실장님을 진짜 사랑하는 방법이야."

반짝.

유재명의 눈빛이 파르르 떨렸다.

그리고 순간 맑은 광채가 비쳤다.

"사랑하는 여자라고 말해. 공개하라고. 그때도 인정받지 못하면 그때 도망쳐도 늦지 않아. 그땐 양 실장님도 당신에게 다가갈 거야. 당신에게 양 실장님이 얼마나 소중한지 또 양 실장님에게 어떤 존재인지 확인하는 자리가 될 테니까."

사랑이란 것을 아직 이론으로만 익혀 놓은 나였지만 마음에서 울리는 소리까지 못 듣는 수준은 아니었다.

턱.

잡고 있던 손을 놓아주었다.

"인생은 한 번뿐이야. 자신의 인생이잖아. 책임을 지라고. 적어도 알 차고 나온 사내라면 더욱."

질렀다.

시건방지고 버릇없다 해도 상관없었다.

나이를 처먹어도 뒤로 처먹은 인사들이 분명 있다.

빠른 속도로 세상은 돌고 있다.

풍습은 과거와 전혀 다른 모습으로 발전해 가고 있고 의식 수준 역시 다르다.

유재명 상무 역시 부모 잘 만나 개고생 같은 것을 해보지 않아 아직도 사랑 타령이나 하고 있다.

예린이가 동생이지만 그녀에 비하면 수준 이하다.

더 이상 해줄 말도 없었다.

남이기 때문에 가능한 도발이기도 했다.

가진 것이 없다는 것은 다른 말로 그만큼 자유롭다는 말이 되었다.

다시 뭔가를 시작해야만 하는 절대적 기회만이 남아 있는 입장.

그래서 더 쉽게 이야기할 수 있는지도 모른다.

"시간이 언제나 당신의 사랑을 그 자리에 머물게 하지 않아. 기회가 왔을 때 잡으라고. 그게 바로 당신 자신의 인생을 찾는 첫 번째 기회야."

청춘은 그런 것이었다.

겁없이 기회를 잡을 수 있는 것.

아무리 그것이 나에게 큰 상처를 줄지라도 용기있게 잡아보는 것 말이다.

단 한 번도 자신의 인생에 있어 그 어떤 것도 스스로 선택해 본 적이 없을 유재명 상무.

안타까운 마음에 마음먹고 건방을 떨었다.

그 누구를 위한 것이 아닌 친구 예린이를 위해서.

아무리 부정하고 싶어도 역시 나도 양 도사에게 보고 배운 게 이것밖에 없었다.

늙은이들처럼 노티 나는 말만 주구장창 뱉고 말았다.

근묵자흑이라.

몇 년을 양 도사와 함께 지내다 보니 백 년 묵은 도사 냄새가 나에게도 밴 것 같다.

'젠장. 괜히 유 상무, 고백은커녕 두 분께 꼰질러 버리면… 오늘 당장 쫓겨나는 거 아냐?'

소리를 화끈하게 내질러 놓고 괜히 걱정이 스쳤다.

나름 양 도사에 빙의돼 나보다 나이도 많은 유재명 상무에게 충고했지만 남은 시간 피해를 보고 싶지 않았다.

어두운 뒤뜰에서야 왕처럼 유재명 상무를 억압했지만 정원 앞마당으로 나가면 가난한 배짱이 처지일 뿐이었다.

아직 나는 아침 해를 맞을 준비를 하고 있다.

동이 트고 난 뒤라면 나 역시 후계를 이을 황태자와 벌건 대낮에 앞마당에서 당당하게 마주할 수 있을 것이다.

제5장
본격 개봉 박두

마스터K

"도착하면 바로 전화해라."

"피이, 내가 애긴가~"

"너도 새끼 낳아봐라. 아무리 환갑 지나도 애는 애다."

"알았어요~ 우리 아빠 지극한 사랑을 누가 말려~"

"이거 바쁘지만 않으면 따라가는 건데……."

"여보, 그럼 내가 따라갈까?"

"어허, 이 사람아. 당신은 날 보필해야지~"

"딸내미 걱정도 되는데 당신 수발들 사람이 더 필요하지?"

"아, 아니, 그게 아니라……."

"호호호, 됐어요~ 아빠 엄마, 저도 성인이라고요. 그리고 도착하면 단비가 마중 나와 있겠다고 했어요."

"그래도 몸조심해라. 미국은 우리나라 하고 달라. 사람들이 다 총 하나씩 가지고 다닌다고."

"네~ 네. 야밤에는 절대 바깥 외출을 삼가고 일체의 음주가무를 지양하겠습니다. 오로지 골프채만 휘두르다 실력을 양껏 배양해서 돌아오겠나이다~ 그러니 소녀를 이만 보내주시옵소서~ 아바마마~"

"호호호, 맞아, 네 아빠는 완전 상감이다~"

인천공항 출국장 라운지.

은다혜와 그녀의 부모님 사이에 유쾌한 대화가 이어졌다.

오늘 미국으로 출국하는 다혜를 배웅하기 위해 나온 가족들이 혼자 비행기를 타는 그녀를 걱정했다.

단비의 초청으로 잠깐 여행을 가는 중이다.

한창 대학생활을 하고 있는 은다혜.

스포츠 특기생답게 훈련을 핑계로 일주일 정도의 시간을 할애할 특권이 주어졌다.

"이제 들어가. 밥 꼭 챙겨 먹고 차, 개 조심. 특히 남자!! 세상에 아빠 빼고는 다 늑대야!"

잘나가는 기업체 대표인 은다혜의 아빠.

여느 사업가들처럼 얼굴선이 강했지만 늘 넉넉한 인품으로 은다혜를 향한 애정을 과시했다.

그의 눈빛에는 벌써부터 딸을 향한 온갖 걱정으로 근심이 가득했다.

"아빠~ 나중에 나 시집가면 어쩌시려고 그래요~"

"그야 물론 데리고 살아야지. 어딜 가. 무조건 데릴사위다! 아빠가 이렇게 먹고살 만한데 딸자식 바깥에서 고생시킬 것 같으냐. 난 그렇게 못 산다."

생각지 않고 심각해지는 아빠의 대답에 다혜도 순간 당황스러웠다.

농담 같지 않은 아빠의 표정.

하지만,

"우리 아빠 멋쟁이!"

"아빠만 믿어라!"

"이이는 못하는 말이 없어. 난 싫어요. 다혜 시집가서 애 낳으면 당신이 다 키워줄 거예요? 당신 하나도 벅찬데 언제까지 날 부려 먹으려고 그래요? 안 돼요, 안 돼."

"허어, 여보, 다혜가 낳은 자식이잖소. 걱정 마시오. 내가다 키워주리다!"

"어머머! 당신, 애들 기저귀 한 장 갈아본 적도 없잖아요!"

이건 딸을 출국시키기 위해 따라온 건지 부부싸움을 하러 따라온 건지 분간이 가지 않는 상황이 되어 버렸다.

강남 귀부인답게 교양있는 사십대 중반 여성의 모습을 보이는 은다혜의 엄마.

피부는 탱탱하고 꽤나 줬을 것 같은 파마머리에 상당히 젊어 보이는 외모다.

"두 분 뭐하세요~ 제 애는 제가 키울 거예요. 아빠 엄마 손에 자란 건 저 혼자로 충분해요~호호호."

"……."

다혜의 웃음 섞인 몇 마디에 할 말을 잃은 두 사람.

그때 출국장 한쪽이 술렁이기 시작했다.

"저 사람 봐, 남자."

"어디?"

"장난 아니야. 모델인가? 연예인은 아닌 것 같아."

"꺄아악! 저 남자 진짜 끝내준다!"

"정말 멋있다."

일대 소란이 일었다.

"누구 왔어?"

"어머! 저기 연예인들인가 봐요?"

웅성거리기 시작한 곳을 바라보던 다혜의 부모님이 고개를 갸우뚱거리며 말했다.

특히 다혜 어머니는 눈을 동그랗게 뜨고 시선을 집중하며 레이더를 켰다.

그리고 흥분을 감추지 못했다.

"미국인 여성 같아. 남자는 한국 사람 같고."

"요즘 세상에 국적이 무슨 문제가 되는 것도 아니고. 잘나가면 그만이지~"

약간은 고리타분한 사고방식을 갖고 있는 다혜의 아버지.

주변의 시선을 확 끌어당기는 두 커플을 보며 비호감을 보였다.

대신 미모의 여성을 옆에 끼고 있는 남자에 있어서는 잘나가면 그 정도는 괜찮다는 듯한 태도를 취했다.

"왜요? 예쁘기만 한데. 제가 보기에는… 헉!"

분분한 의견 차이를 보이는 부모님의 말에 덩달아 고개를 돌려 확인하려던 다혜.

막 출국장 게이트를 통해 출국 수속을 밟고 있는 두 사람을 확인한 순간 그대로 몸이 굳어 버렸다.

엄마의 말처럼 멋있었다.

연예인이 아니라면 모델이 분명했다.

늘씬한 기럭지에 붉은 빛이 살짝 도는 금발의 미녀.

어깨에서 자연스럽게 찰랑거리고 있는 긴 머리카락은 매

혹적이었다.

이 팔등신의 외국인 여성과 팔짱을 끼고 같이 걷고 있는 한 남자.

잘생겼다.

큰 키에 완벽한 바디 비율을 보이며 모델 포스를 제대로 뿌렸다.

짧게 자른 헤어스타일에 명품 선글라스로 얼굴의 반을 가린 조각 같은 외모의 남자다.

미모의 여성이 옆에 붙어 있고 싶을 만큼 남자 역시 외모와 분위기가 받쳐주었다.

하지만,

"가, 강민!"

얼굴이 새하얗게 질려 버린 은다혜.

언뜻 봐도 남자의 모습은 누군가의 모습과 오버랩되어 은다혜의 눈에 박혀들었다.

그리고 맴도는 이름 하나.

"아는 사람이야? 남자?"

"누구야?"

외마디 신음 같은 은다혜의 말에 눈을 동그랗게 뜨고 묻는 부모님.

'어, 어떻게… 강민과 제시카 선생님이… 말도 안 돼!'

한국 고등학교 재학 시절 골프 연습 때면 설악산 얘기를 하며 치를 떨었던 강민.

다시 그곳으로 끌려갔다는 소문만 남긴 채 모습을 감췄었다.

그랬던 강민이 전혀 생각지 못했던 제시카 선생님과 출국장에 나타났다.

그것도 한국 고등학교에 재직했던 선생님 제시카와 연인처럼 나란히.

팔짱을 걸고 있는 두 사람의 모습은 누가 봐도 잘 어울리는 커플의 모습이다.

화르르르.

은다혜는 온몸에서 분노의 증기가 뿜어져 나오는 듯했다.

강민이 저러면 안 되는 거였다.

설악산이 되었든 금강산이 되었든 다시 세상에 나왔다면 저런 모습으로 나타나면 안 되는 것이다.

수절과부 저리 가라 할 정도로 강민만을 생각하고 지내던 단비의 모습이 스쳐 지나갔다.

어제까지만 해도 단비는 강민의 출현을 알지 못했다.

그럼 오늘 이 시간 강민과 제시카 선생님의 일도 모르고 있다는 것.

강민에게서 혹시라도 연락이 올지 모른다는 생각에 3년 동안 전화번호도 바꾸지 않고 있었다.

그런 단비를 배신한 것이다.

강민의 입가에 그의 전매특허라 할 만한 당당한 미소가 번지는 게 보였다.

제시카 선생님과 다정하게 팔짱을 끼고 출국장으로 사라졌다.

"나 먼저 들어갈게요!"

갑자기 급해진 다혜.

캐리어를 끌고 황급하게 출국장 안으로 달려갔다.

"다혜야!! 꼭 전화해라!"

다혜가 달리다시피 사라지는 것을 보며 아버지가 큰 소리로 외쳤다.

"네! 걱정 마세요!"

뒤도 돌아보지 않고 대답을 하는 다혜.

여권과 티켓을 들고 출국심사장 앞에 섰다.

온몸에서 이는 스팀을 전투력으로 전환하며 100프로 단비를 위한 의지를 다졌다.

"쿠션감 좋은데요~"

"물론이죠~ 그룹 차원에서 VIP를 모시기 위해 최고급

자재들만 사용한 비행기인데요."

'그래, 이럴 때 아니면 언제 자가용 비행기를 타보겠어.'

시작이 좋았다.

내 일생 처음 타는 비행기가 자가용 비행기가 될 줄이야 꿈에도 생각 못했다.

푹 잠기게 몸을 감쌀 정도로 편안하게 제작된 대형 사이즈 기내 의자.

바닥에는 화사한 꽃문양의 양탄자도 깔려 있었다.

화장실은 물론이고 샤워실까지 구비돼 있다는 자가용 비행기 내부는 하늘을 나는 개인 공간 같았다.

고급 탁자는 기본이고 한쪽 라인으로는 가볍게 한잔할 수 있는 바도 마련돼 있었다.

호화스러운 부유층 삶을 짐작하고도 남았다.

아주 작은 소품 하나까지도 신경 쓴 듯한 공간.

이게 말로만 듣던 부자의 상징적인 물건이었다.

보통 자가용 비행기는 김포 공항을 이용하게 돼 있다.

하지만 인천 공항을 사용할 수 있는 특별 대우를 받는다는 로얄그룹.

출국수속도 간편하게 끝냈다.

기다릴 것도 없이 VIP 전용 게이트를 통해 곧장 비행기에 탑승했다.

곧 비행기는 지상 활주로를 미끄러지며 이동했다.

"곧 이륙하겠습니다. 벨트를 착용해 주십시오."

객실 수석 승무원 로라가 살짝 다가와 말을 건넸다.

자가용 비행기는 비행사 두 명과 여승무원 두 명이 팀이 되어 운행을 하는 듯했다.

비행사는 전형적인 미국인 아저씨로 어두운 선글라스를 착용하고 배가 남산만큼 튀어나와 있었다.

그리고 제시카만큼은 아니지만 육감적인 몸매를 가진 두 명의 여승무원이 함께 비행했다.

자가용 비행기 안에서도 나의 눈은 호사를 누리고 있었다.

"드디어 떠나는군요."

"긴장되나요?"

"긴장이라… 그것보다 세상에 존재하던 평화의 기운을 다 마신 듯 안도감이 드네요."

"네?"

'모르셔도 됩니다. 너무 깊이 알려고 하지 마세요, 제시카.'

"아닙니다. 그냥 편안합니다."

드디어 해방이다.

양 도사.

그렇게 나를 괴롭게 하던 양반과 같은 하늘을 이고 살지 않아도 된다.

그 사실 하나만으로도 나에게는 그간 없었던 최고의 안도감이 들었다.

'따라올 테면 따라와 보시오. 움하하하하.'

씨익.

나는 속으로 만만세를 불렀지만 담담히 옅은 미소만을 입가에 물었다.

주민등록증 같은 신분을 확인할 수 있는 것은 단 하나도 소지하고 있지 않았던 양 도사는 절대 대한민국을 뜰 수 없다.

그것만으로도 나는 천군만마를 얻은 듯한 자유를 느꼈다.

그야말로 신원을 확인해 줄 이 아무도 없는 설악산 토박이 도사일 뿐이었다.

송충이가 솔잎을 먹어야 하듯 양 도사는 설악산의 정기를 쪽쪽 빨아 드시며 지내야 한다.

그 생각만으로도 허리를 묵직하게 잡아주는 안전벨트 이상으로 만사가 편안했다.

기이이이이잉.

활주로를 달리다 출력을 높이면서 비행기에서 강력한 엔

진음이 발생했다.

마치 비행기 계의 스포츠카라 할 만한 자가용 비행기.

엄청난 순간 출력이 발생되며 진동이 온몸으로 전달되었다.

슈우우우웃.

그리고,

'떴다! 떴어!'

겉으로 내색하지는 않았지만 나는 속으로 환호성을 터뜨렸다.

활주로를 긁듯 구르던 비행기 바퀴가 지상에서 떠오르는 순간 온몸을 통과하는 묘한 기분.

인간이 기계의 힘을 빌려 하늘을 나는 기분이 묘한 감동으로 다가왔다.

새가 아님에도 완전 새 된(?) 감동이랄까.

'오오오오! 머, 멀어진다!'

제시카를 의식한 것은 아니지만 최대한 나는 비행기 안에서 편안하게 있으려고 애썼다.

고개를 살짝 돌려 창 밖을 내다보았다.

인천국제 공항 주변이 한눈에 들어오기 시작했다.

비행기는 쾌속하게 지상을 벗어나 창공으로 격하게 기체를 띄웠다.

시야에 들어오는 모든 것이 점점 멀어지며 작아졌다.

'후아…….'

순간 정체 모를 한숨이 폐부 깊은 곳으로부터 새어나왔다.

고국을 떠나는 기분이 이런 걸까.

뭔가 시원섭섭한 느낌이 밀려들었다.

20년이라는 짧은 시간 동안 알게 모르게 부모도 없이 혼자 버티며 살아왔던 땅.

그리고 몇 명 되지는 않지만 정을 나누었던 사람들.

그들과 헤어지고 있다는 것이 이제야 실감이 나는 것 같았다.

지금 떠나고 나면 언제 다시 만나게 될지 기약이 없었다.

멀고 먼 타국으로 떠나는 이 순간의 심정이 제법 착잡했다.

"민, 와인 한잔할까요?"

"좋습니다~"

비행기 기체는 어느새 하늘 높이 떠올라 수평을 유지하고 날고 있었다.

잠시 동안 말이 없었던 제시카가 먼저 입을 열었다.

'제시카가 있다.'

모두를 두고 온 것은 아니었다.

그리고 모든 준비는 완벽하게 끝났다.

나름 정리할 것들을 정리하고 떠나온 고국.

고국에서의 마지막 밤도 꽤 화끈하게 보냈다.

지난밤 오성그룹 저택에서는 난리가 났다.

윤라희 여사의 생일을 축하하기 위해 참석한 오성그룹의 친인척들.

그리고 정관계 인사들 앞에서 상상도 할 수 없는 일이 벌어졌다.

나에게 한따까리 당한 유재명 상무가 제대로 정신이 돌아오면서 벌인 일.

양 실장과의 관계를 밝히면서 결혼 발표까지 해버린 것이다.

그런 유재명 상무의 단호한 모습을 봤을 때 멋지다는 생각이 들었다.

물론 갑자기 당한 유병철 회장 이하 모든 사람은 찬물을 뒤집어쓴 기분이었겠지만 말이다.

나에게 당한 수모에 대오각성한 듯 확실하게 사건을 저질렀다.

윤라희 여사가 찾아온 모든 초대 손님들에게 감사의 인사를 하고 건배를 선창한 직후였다.

곧바로 이어 일이 터졌다.

유재명 상무가 앞으로 나서며 윤라희 여사의 생일을 위해 특별히 준비한 게 있다고 입을 열었다.

그의 입을 통해 나온 청천벽력 같은 외침.

그동안 비어 있었던 자신의 반려자를 소개하겠다고 말하고 도우미들 사이에 서 있던 양 실장의 손을 끌고 앞으로 나왔다.

"이 현숙하고 아름다운 여인과 저의 남은 인생을 함께하며 부모님께 효도하겠습니다."

당황한 채 앞으로 끌려나온 양 실장님은 유재명 상무의 손을 꼭 잡은 채 말이 없었다.

유재명 상무가 내뱉은 말에 정원에 모인 모든 사람은 일순간 침묵 속에 잠겼다.

정적이 감돌았던 오성그룹의 넓은 정원.

지금 생각해도 그 순간은 아찔했었다.

집안의 모든 스케줄을 관리하던 집사 양 실장을 대충 알고 있던 이들은 도대체 유재명 상무가 하는 말이 무슨 말인가 하고 충격에 빠진 표정이었다.

한 번의 이혼을 경험하긴 했지만 여전히 대한민국 1등 신랑감임에는 변함이 없었다.

당장 중매시장에 내놓아도 각 집안의 아리따운 처자들이 줄을 서고도 남았다.

그런데 하물며 저택 집사일을 맡고 있는 노처녀를 상대로 사랑을 외친 것이다.

유재명 상무의 그런 태도를 말없이 바라보던 유병철 회장과 윤라희 여사의 얼굴은 속을 짐작할 수 없을 만큼 딱딱하게 굳었다.

하지만 윤라희 여사는 생일 파티를 엎지는 않았다.

교양 없이 자식의 일로 초대한 손님들에 대한 대접을 소홀히 할 수 없는 입장이었기 때문인 듯했다.

곧 활짝 웃는 얼굴로 양 실장의 손을 꼭 잡고 당당하게 서 있는 유재명 상무를 바라보았다.

그사이 몇몇 친척들이 다가와 축하한다고 인사를 했다.

뭣도 모르고 축하 인사를 해온 친척들을 향해 여전히 미소를 띠고 있던 윤라희 여사.

그렇게 본격적인 파티가 시작되었다.

윤라희 여사의 생일 파티가 아니라 유재명 상무의 재혼 선언과 축하 인사를 받는 자리가 되어 버렸다.

말릴 사이도 없이 우르르 몰린 사람들이 일제히 축하한다고 방정을 떨었다.

'표정 참 볼 만했어~ 크크.'

상황을 대처하는 방법 또한 윤라희 여사다웠다.

유재명 상무의 폭탄 발언에도 불구하고 곧 정신을 가다듬고 초대 손님들에게 웃음을 띠며 대했다.

나름 사건을 수습하고자 노력하는 모습이었지만 다른 사람들에게는 그게 또 오해를 불러 일으켰다.

이미 두 사람에게 집안의 허락이 떨어진 것으로 오해한 것이다.

그러다 보니 앞다투어 윤라희 여사에게까지 축하 인사를 건네는 진풍경이 벌어졌다.

'여사님~ 자식이지만 인생은 그 사람 겁니다~'

옛날 말에도 자식 농사는 마음대로 되지 않는다고 했다.

설악산에서 생활할 때 양 도사도 매번 그 말을 입에 달고 살았다.

툭 하면 나를 두고 한숨을 푹푹 내쉬며 제자 농사 마음대로 안 된다고 투덜거렸다.

졸지에 윤라희 여사의 생일 파티는 아들 유재명 상무의 결혼 발표회 자리로 바뀌어 버렸다.

문제는 초대 손님들이 모두 돌아가고 난 뒤.

저택은 그야말로 고요했다.

다음 날 신문에 대문짝만 하게 보도된 유재명 상무의 재혼 발표 기사.

빼도 박도 못하게 돼 버렸다.

윤라희 여사 입장에서는 지난밤 유재명 상무가 처음 일을 벌였을 때 파티를 다 엎었어야 했지만 체면 때문에 그러지 못했다.

이렇게까지 커질 줄 몰랐던 것은 유병철 회장도 윤라희 여사와 입장이 같았다.

결혼은 기정사실이 되어 버렸다.

신문에 유재명 상무의 사진과 양 실장의 사진이 나란히 실린 날, 두 사람은 잡은 손을 놓지 않고 저택을 빠져나갔다.

두 사람이 저택을 빠져나가 어디로 갔는지 아는 사람은 없었다.

저택에 제대로 폭탄을 던지고 모습을 감춰 버린 유재명 상무.

그가 저택을 벗어날 때 처음 보았다.

그의 얼굴에 당당하게 번지던 미소를 말이다.

이토 히로부미에게 도시락 폭탄을 던진 안중근 의사 못지않은 독립투사적인 모습이었다.

어깨를 쫙 펴고 당당히 자신의 사랑하는 여인을 손에 쥐고 떠나던 유재명 상무.

그 모습에 유재명 상무도 꽤 괜찮은 남자였구나 하는 생각이 들었다.

그 이튿 날 나 역시 저택에서 조용히 나왔다.

크게 터진 유재명 상무의 일로 나의 미국행은 묻혀 버렸다.

물론 예린이가 눈물을 글썽였지만 그뿐.

저택 안의 분위기가 거의 초상집을 방불케 해 밖으로 배웅까지 나오지는 못했다.

저택을 벗어날 때 그저 잠시 품에 안긴 채 눈물만 또로록 흘렸다.

곧 다시 만나자는 말만 남기고 나는 돌아섰다.

'화령이가 나를 보고 싶다고 했겠다.'

바쁜 시간을 쪼개 잠깐 북경루에 들렸었다.

나를 반갑게 반겨주던 왕 사장과 주방 식구들.

이제는 제법 수준급의 맛을 내는 주방 식구들이 요리 몇 개를 내어주었다.

내가 미국에 가게 됐다고 하자 왕 사장이 화령의 얘기를 꺼냈다.

화령이 나를 한 번 보고 싶어 한다는 것이다.

그리고 특히 몸조심하라는 충고를 받았다.

왕 사장을 잡아먹지 못해 안달이 난 용 대인이 나를 노린다는 것.

'미국까지 가는 마당에… 설마.'

왕 사장의 경고가 심상치 않게 받아들여졌다.

한 번 물면 끈질기게 늘어지는 화교의 성질상 무언가 불길한 기운이 도사리고 있는 것만은 사실이다.

또 한 귀로 듣고 흘리기에 용 대인이라는 자의 성질과 능력이 만만하지 않았다.

'건들지 마라. 나 법 안에서 그냥 풀 뜯어먹고 사는 양처럼 살고 싶으니까~'

나는 무언의 의지를 허공에 뿌렸다.

화교를 주무르는 머리라 해도 상관없었다.

"여기 샴페인 준비됐습니다."

로라가 샴페인 한 병과 잔 두 개를 가져와 탁자 위에 놓았다.

비행 중임에도 전혀 흔들림이 느껴지지 않는 테이블 전용 탁자.

딸깍.

테이블에 투명한 크리스탈 잔이 놓이자 기분 좋은 울림이 만들어졌다.

'루이 로드레……. 황제가 마신다는 그 샴페인…….'

역시 제시카는 노는 물부터가 달랐다.

분명 앞에 놓인 것은 루이 로드레 상표다.

러시아 황제 알렉산더 2세가 오직 자신만을 위한 샴페인을 만들어 달라고 해서 제작되었다는 술.

그것도 크리스탈 병에 담긴 최고급 샴페인이다.

뽕!

로라가 가볍게 샴페인 뚜껑을 열었다.

스윽.

나는 손을 뻗어 잔을 들었다.

'흐음, 향기 좋네~'

흔히 샴페인에서 풍긴다는 부케 향.

코끝을 스치는 순간 느껴지는 은은한 아로마 향이 이 샴페인이 갖고 있는 특유의 향이다.

좋았다.

또로록.

잔을 채우는 달콤한 샴페인 빛깔.

'때깔 죽이네~'

일어나는 기포도 예술이었다.

탄산음료를 잔에 채울 때 발생하는 기포 한 개를 100개로 분리해 놓은 듯 일어나는 톡 쏠 듯한 기포들은 보는 것만으로도 기분을 좋게 했다.

"제가 하겠습니다."

제시카가 들고 있던 병을 건네받았다.

"민, 적당히 마셔야 해요. 이 비행기에 탑승한 순간부터 민은 아메리카의 법 테두리 안에 들어왔다는 걸 모르지 않겠죠?"

'아쉽다. 한국에서는 상관없었는데.'

대한민국에서는 음주를 할 수 있는 나이였지만 미국으로 건너가면 아직 나는 금주 미성년자 신분이었다.

꼭 술을 마시고 싶으면 숙소에서 아무도 없을 때 혼자 홀짝거리며 마셔야 한다.

한국의 고삐리 신세나 마찬가지다.

"물론입니다. 제시카가 그런 일로 신경 쓸 일은 없을 겁니다."

이제부터는 내가 잘 보여야 했다.

계약을 한 만큼 이제는 진정한 파트너로 일해야 한다.

신뢰를 쌓아야만 동반자적 관계를 우호적으로 유지할 수 있다.

그간 겪은 갈취와 폭력이 난무하는 설악산 생활의 반복이 아니었다.

적어도 난 지성인으로서 양 도사처럼 살고 싶지 않다.

대한민국의 품격 있는 건전 청년.

또로로로록.

제시카의 잔에 마음을 담아 샴페인을 채웠다.

"민, 잘 부탁해요. 당신 손에 우리 회사와 제 미래가 달려 있어요."

이쯤 제시카의 노련한 언변술이 발동할 때가 되긴 했다.

이제 자신의 미래까지 나에게 가져다 붙이는 제시카.

"제가 드리고 싶은 말입니다. 이 잔은 우리의 영원한 우정을 위한 서약식에 바치는 걸로 하지요."

분위기를 좀 잡았다.

로맨틱한 말들을 좋아하는 서양 여성들의 성격.

"고마워요."

"저도 마찬가지입니다. 자, 우리의 영원한 우정을 위하여!"

내가 먼저 잔을 들어 제시카의 잔에 부딪쳤다.

팅.

맑게 울리는 공명.

사락.

그때 제시카의 입가로 매혹적인 미소가 번졌다.

하늘에 떠 있는 비행기 안에서의 부드럽고 달콤한 술 한 잔.

그것도 유혹적인 여성과 함께.

꿀꺽.

제시카의 미소에 화답하며 나는 잔을 입에 가져갔다.

그리고 한 모금을 가볍게 입안에 담았다.

'오! 역시!'

절로 터지는 감탄사.

이제 갓 수확한, 햇빛 잘 받아 완벽하게 당도를 높인 햇복숭아의 향.

입에 한입 베어 물었을 때 코끝을 진동시키는 그 맛.

혹은 무도회장에서 가장 아름다운 자태를 뽐내는 여인의 드레스 자락을 손끝에 감고 싶은 그 기분.

왜 황제가 마시는 샴페인이라고 하는지 알 만했다.

'짧은 인생~ 멋지게 살다 가자!'

위이잉.

방음 처리가 잘돼 있다고는 하지만 대형 여객기가 아닌 탓에 진동음은 제법 들렸다.

어느새 지상의 모습은 하나의 점처럼 작아졌다.

꿈을 찾아 떠나는 거대한 비익조와 같은 나의 운명.

가슴이 벅찼다.

이제야말로 진정 나의 본격 인생 드라마가 펼쳐지는 순간이다.

드라마의 주인공은 나.

누구나 자신의 인생에 있어 주인공인 것처럼 나만이 주연이었다.

내가 직접 대본을 쓰고 연출을 하고 그려 나가는 나만의
이야기.

개봉이 임박해 있었다.

아메리카 드림을 품은 열혈남아 강민.

나는 진정한 삶의 출발선에 있었다.

제6장
인생 그거 한 번

'어, 없다!'

소리없이 침입한 오성그룹 저택 내부.

어제까지 계속되던 삼엄한 경비가 오늘은 주춤했다.

닌자 미요코는 며칠 동안 염탐해 놓은 안전한 곳을 통해 담을 넘었다.

제아무리 CCTV와 적외선 카메라가 사방을 감시하고 있다고 해도 미요코를 막을 수 없었다.

최대한 저택 안의 민간인은 손을 대지 않으려고 했다.

하지만 부득이 문제가 될 시에는 적당한 선에서 그들도

제거 대상이 될 수밖에 없다는 것은 감안을 한 상태.

그런데 놈이 없다.

정작 놈이 머물던 방에 기척을 숨기고 잠입술을 이용해 들어왔지만 방이 비었다.

그제야 미요코는 저택 안에서 놈의 흔적이 완전히 사라져 버렸다는 것을 깨달았다.

스르륵.

완벽하게 오성그룹 저택의 손님방 창문을 열고 접근했다.

'깨끗하다. 그렇다면……!'

인기척은 고사하고 사용하고 있는 방 같지 않게 깨끗하게 정리가 되어 있었다.

더 이상 누군가가 쓰고 있는 방의 상태가 아니었다.

먼지 한 톨도 공기 중에 섞여 있지 않았다.

어둠마저 차분하게 가라앉은 공간.

"쿠소야로! 하아……."

망할 새끼다.

검은 복면을 착용한 채 닌자 미요코는 욕설을 내뱉었다.

뒤에 긴 한숨이 따라 나왔다.

놈을 놓쳤다.

아니, 먼저 놈이 사라져 버렸다.

한 호흡만 흡입을 해도 다시 정신을 차릴 수 없을 만큼 강한 마취 향이 밴 물건을 챙겨왔다.

먼저 잠을 재운 뒤 조용하게 뒤처리를 할 생각이었다.

그러나 놈이 귀신같이 알고 내빼고 말았다.

'도대체……'

어디로 갔는지 알 수 없었다.

방 안은 그야말로 그놈이 처음부터 없었던 것처럼 아무 것도 남아 있지 않았다.

스슥.

증거가 될 만한 것을 찾아 미요코는 방 안을 꼼꼼하게 살폈다.

어쩌다 남겼을지도 모를 증거가 될 만한 것을 찾기 위해서였다.

피빗.

"……!!"

그때,

방 내 벽에서 뭔가 눈에 띄는 게 있었다.

몇 개의 물체가 가볍게 이동하는 듯하더니 미요코를 향해 붉은 광선을 발사했다.

삐삐 삐삐 삐삐!

갑자기 울리는 경보음.

'최신형 경보 장치!'

21세기를 살아가고 있는 닌자 미요코.

아무리 그녀라 해도 최첨단 시대의 모든 것을 알고 있는 만능은 아니었다.

피부 층에서 발산되는 체온은 적외선 방법 장치의 밥이 되었다.

게다가 동작 감지까지 가동되었다.

미요코의 움직임에 따라 설치된 경보 장치가 작동했다.

최첨단 방범 장치에 노출된 것이다.

후두둑.

재빨리 열린 창문으로 몸을 날렸다.

"객실에 침입자다!"

"회장님을 보호해라!"

타다다닥.

"경찰에 연락해!"

손에 가스총을 들고 경호원들이 달려왔다.

다른 경비원들은 목도를 들었다.

파바바밧.

잠깐 사이 정원에 서 있는 모든 가로등의 불빛이 평소보다 몇 배로 밝아졌다.

휘릭휘릭.

순식간에 창문을 빠져나온 미요코가 정원수들 사이로 몸을 숨겼다.

불빛이 환해진 만큼 정원수들의 그림자는 더 진해졌다.

미요코는 더 선명해진 그림자들 사이로 비호처럼 움직였다.

보통 사람의 시선으로는 따라잡을 수 없는 엄청난 쾌속 질주.

터더더덕.

불과 몇 번의 동작으로 미요코의 모습은 저택 안에서 사라졌다.

그녀의 몸은 이미 담장을 넘어 시야에서 벗어나 버렸다.

삐삐 삐삐 삐삐 삐삐!

한 번 울리기 시작한 경보음은 더욱 요란하게 울렸다.

대한민국 재계 서열 1위 오성그룹 저택에 불청객이 나타났다.

저택에 낯선 방문자가 침입한 것은 처음이었다.

그 흔적을 요란한 경보음이 대신 증명하고 있었다.

'LAX, 드디어 아메리카군……'

길고 긴 비행에 끝이 보였다.

무려 열한 시간 가까운 비행 동안 잠깐씩 눈을 부쳤다.

잠이 들지는 않았지만 눈의 피로를 풀기 위해 눈을 감은 채 이런저런 많은 생각을 했다.

푸른 태평양과 떠가는 구름은 원없이 본 것 같다.

일생일대 태평양을 건너 도착한 꿈의 아메리카.

로스앤젤레스 공항 상공에 다다르자 LAX공항을 상징하는 철제 알파벳이 눈에 들어왔다.

상상도 하지 못했었던 일이 현실로 다가오고 있었다.

아메리카로의 입성이 이루어진 것.

오는 동안 제시카와 가볍게 샴페인 한잔을 나누며 이런저런 아메리카에서의 생활 정보를 들었다.

세금 문제부터 생활에 유용한 정보들.

익히 알고 있는 야구장 문화와 선수들 간의 자존심 싸움까지.

현장에서 움직이는 제시카의 입을 통해 듣는 실제 생활과 연결된 이야기들은 흥미로웠다.

몇 시간 정도는 계속 얘기를 하며 오다 제시카는 시차 적응을 위해 잠깐 잠을 청했다.

그러나 나는 잠을 자지 않았다.

열여섯 시간이라는 시간을 거꾸로 돌아온 듯했다.

아니, 잠을 못 잤다.

그깟 잠 정도야 한 달을 눕지 않는다 해도 상관없는 경지에 올라 있었다.

나는 남은 시간을 아메리카에서 필요한 정보들을 입수하는 데 썼다.

인공위성으로 송신되는 인터넷을 이용하면 비행기 내에서도 정보의 바다를 헤엄칠 수 있었다.

단 1분도 헛되게 보낼 수 없는 게 내 처지이기도 했다.

귀중한 삶의 시간은 잘게 쪼개진 초침들 사이에 섞여 무의미하게 흘러가 버리는 경우가 많다.

이것저것 닥치는 대로 나에게 유용할 만한 정보들을 섭렵해 갔다.

물론 눈의 피로 때문에 잠깐씩 쉬는 시간도 가졌다.

내가 잠을 청하지 않고 깨어 있자 교대로 승무원 로라와 레비카가 나를 캐어했다.

틈틈이 대화를 나누기도 하고 나에 대한 호기심을 노골적으로 드러내기도 했다.

제시카가 깊은 숙면에 빠져들고는 자유로운 연애관을 가진 사람들답게 대놓고 눈웃음을 보내왔다.

옆에 제시카만 없었어도 아예 정식으로 작업을 걸어오고도 남았을 그녀들이었다.

따끈한 기내식 정찬을 나누며 짧지 않은 대화를 나누기도 했다.

처음에는 나의 유창한 영어 실력에 살짝 놀라기도 했지만 이내 적응한 듯 즐거워했다.

나를 소개하며 야구 선수라고 말하자 깜짝 놀라던 두 승무원.

아직은 나에 관한 정보가 전혀 오픈되지 않은 것 같았다.

지금 샌프란시스코 자이언츠와 계약이 돼 미국에 왔다고 하자 비행기 내에서 방방 뛰며 환호했다.

두 사람은 다저스가 아닌 자이언츠 팬이라는 것이다.

계약서에 잉크도 마르지 않은 나와 기념사진을 남긴다며 셀프 카메라로 사진을 찍기도 했다.

여기까지는 전혀 문제가 없었다.

하지만 자세가 묘해졌다.

양쪽에서 빵빵한 가슴을 밀착해 들어온 두 여승무원.

누가 보면 딱 오해하기 좋은 포즈로 찍힌 사진 한 장.

제시카가 수면실로 들어가 잠을 청해서 망정이지, 참 민망한 콘셉트였다.

자신과는 한 번도 취해보지 않은 밀착 자세.

뿔이 날 수도 있을 만큼 두 여승무원은 드러내놓고 나를 노렸다(?).

제시카 덕에 이런 일을 한두 번 경험한 것도 아니고 해서 가볍게 넘겼지만 내 식을 줄 모르는 인기는 태평양을 건너서 계속된다는 것을 실감했다.

그 끝에 도착한 아메리카였다.

감개가 무량했다.

"흐흐……."

나도 모르게 입술을 비집고 저절로 흘러나오는 웃음.

이토록 완전한 해방구가 따로 없었다.

설악산이 세상 전부인 줄 알고 나를 짓밟은 채 군림하던 양 도사.

태평양 바다를 날아서 건너오지 않는 한 닿을 수 없는 완벽한 안전지대였다.

"민, 차가 왔어요."

검은 선글라스를 끼고 흐뭇하게 무한한 즐거움을 누렸다.

그때 제시카가 우리를 픽업할 차가 왔다고 알려왔다.

스르르륵.

끼이이이이.

막 고개를 돌리자 한 대의 백색 거대한 차가 바로 앞까지 미끄러져 들어오며 부드럽게 멈춰 섰다.

'리, 리무진! 오!!'

제대로 아메리카 스타일이었다.

대한민국에서도 어렵지 않게 볼 수 있었던 리무진.

차원이 달랐다.

거의 일반 승용차 세 대 정도를 붙여놓은 듯한 대형 리무진.

기럭지가 꽤 길었다.

딸깍.

"어서 오십시오, 부사장님."

운전석 쪽에서 기사가 내리더니 제시카를 향해 깍듯하게 고개를 숙이며 인사를 했다.

이미 갖고 온 짐들은 도착과 동시에 직원들이 모두 받아 간 상태.

몸만 차에 실으면 됐다

"타시죠."

레이디 퍼스트.

나는 자연스럽게 뒷문 손잡이를 잡아 열었다.

"고마워요~ 민~"

보는 눈도 있고 나의 기본 매너도 있고 해서 친절을 베풀었다.

기분 좋게 웃는 제시카.

"별말씀을~"

큼지막하고 탄탄한 엉덩이부터 리무진 안으로 밀어 넣는 제시카.

안쪽으로 자리를 옮기는 것을 확인하고 그 옆으로 들어가 앉았다.

'…여기도 퍼스트 클래스군.'

뒷좌석 중앙에 대형 의자가 하나 있고 그 정면에 다시 하나가 있었다.

그리고 창가 쪽 양옆으로 꽤 긴 소파 버금가는 의자가 놓여 있었다.

없는 게 없는 차 안.

냉장고부터 시작해 작은 티 테이블에 와인 장까지 다 있었다.

말로도 들은 적 없는 초호화 리무진을 지금 내가 타고 있는 것이다.

제시카가 운전석 바로 뒤에 있는 중앙 의자에 자리를 잡자 나는 자연스럽게 제시카의 맞은편 중앙 자리에 앉았다.

'정말… 돈이 좋긴 좋구나~'

돈이면 불가능한 것이 없다는 아메리카.

그 어떤 것도 가능하다는 말이었다.

시간이 지날수록 피부에 닿는 부자들의 삶이 피부에 전해지는 것 같았다.

리무진 내부만 봐도 슈퍼 리치들의 삶이 엿보였다.

리치들 간에도 레벨이 있다고 하더니 사실이었다.

물질의 천국.

그 끝이 어디인지 알 수가 없었다.

나는 그 안에 첫발을 담근 것이다.

"불편하겠지만 메디컬 테스트가 끝날 때까지 함께 있어요."

제시카가 팔짱을 낀 채 정면으로 동거를 요구해 왔다.

한국에서와는 눈빛부터가 달랐다.

"쓰지 않는 방도 여러 개 있으니까 전혀 불편하지 않을 거예요."

단호하고 센 어조다.

'헐, 이 누님 봐라.'

대놓고 오갈 데 없는 나를 협박하고 있었다.

정중하게 나를 집에 초대하는 것이 아니었다.

아무리 사업적 관례에 놓여 있다고 해도 남녀가 유별한데 말이다.

"그렇게 하겠습니다."

하지만 거절할 이유가 없었다.

나는 쿨하게 동의했다.

어차피 일이 이렇게 된 이상 아메리카에서는 제시카를 믿을 수밖에 없었다.

엄연한 나의 매니저가 아닌가.

부우웅.

배기량이 엄청났다.

거대한 리무진은 바깥의 소음이 거의 들리지 않았다.

부드럽게 구르며 이동했다.

완벽한 방음장치와 방탄 처리까지 되어 있고도 남을 리무진.

넓은 차창 밖으로 스쳐 지나가는 이국적 풍격에 정말 내가 미국 땅을 밟았음을 실감했다.

'단비야, 이 오빠가 왔다! 조금만 기다려 다오!'

서울에 있는 동안에는 단비에게 연락을 할 수 없었다.

나를 기억하고 있다면 아직 3년 전 번호를 그대로 갖고 있을 손단비.

찌질한 모습으로 연락하고 싶지 않았다.

갖춰진 것 하나 없이 설악산에서 기어 나와 단박에 그녀를 찾아갈 수 없었던 나도 마음이 쓰렸다.

떳떳한 남자의 모습을 갖춘 다음 정식으로 그녀를 찾아갈 생각에 참고 또 참았다.

이미 과거와 달리 세계적 골프 스타로 전 세계에 이름을 날리고 있는 단비.

그녀와 나란히 설 수 있는 남자가 되고 싶었다.

과거 인연을 들먹이며 되도 않게 잘나가는 여인 옆에 붙고 싶지 않았다.

스르르르릇.

'어라? 저것도 리무진이네?'

아무리 잘나가는 미국이지만 대형 리무진이 일반 승용차 보듯 할 만한 차는 아니었다.

공항을 빠져나오면서도 다른 리무진을 보지는 못했다.

거대한 집 한 채가 도로 위를 유유히 달리는 풍경.

공항을 벗어난 도로 반대 차로에 은색 리무진 한 대가 미끄러지듯 지나갔다.

'역시 돈이 많은 동네군.'

한국에서는 아무리 돈이 많은 갑부여도 국민들의 시선을 의식해 함부로 탈 수 없었다.

리무진을 마음 놓고 사용할 수 있는 경우는 결혼식장과 장례식장에서였다.

그 차를 타고 도로 위를 쌩쌩도 아니고 천천히 달려야 한다.

그런데 앞뒤를 한눈에 넣기 힘든 대형 리무진이 쌩쌩 달리는 아메리카.

'미국 온 김에 나도 한 대 장만해야지~ 단비랑 데이트하려면. 흐흐.'

초호화 리무진 안에서 싹 트는 소박한 꿈 하나.

개나 소나 타는 아메리카의 리무진.

한 대 뽑아서 시원하게 달리는 것도 나쁠 것 같지 않았다.

단비나 내가 타는 아메리카의 리무진.

나의 입가에 흐뭇한 미소가 번졌다.

맞은편에서 나를 정면으로 바라보고 있는 제시카의 입술도 야릇하게 올라갔다.

"다혜야!"

"다, 단비야!!!"

LA 공항 입국장.

게이트가 열리자 사람들이 쏟아져 들어왔다.

멀리 사람들에 섞여 카트를 밀고 나오는 은다혜의 모습이 보였다.

한껏 밝은 목소리로 다혜를 부르는 여성.

"오! 마이 갓! 단비 손?"

"뷰리플!"

그레이 체크무늬 팬츠에 아이보리색 블라우스.

크게 눈에 띄는 장식이 없는 기본 레인코트를 입고 허리라인을 강조했다.

아무나 소화하기 힘든 브론즈 계열의 버버리코트가 눈에

확 띄었다.

입국장과 출국장을 오가는 미국 본토인들마저도 시선을 빼앗기고 한 번 더 돌아보게 되는 미인.

타인의 사생활을 존중하는 게 습관이 된 사람들이었지만 요즘 한창 주가를 올리고 있는 골프 여제를 보고도 그냥 모른 체하고 지나갈 수는 없었다.

그럼에도 일정 거리 이상 가까이 다가가지는 않았다.

손단비 주변으로 건장한 체격의 보디가드 네 명이 틈을 내주지 않고 있었다.

밀착 경호를 받고 있는 골프의 여신 손단비.

"단비야~ 넌 도대체 뭘 먹니? 언제 또 이렇게 예뻐진 거야~ 히힝!"

동양 여성답게 새카만 눈동자가 더욱 매력적으로 어필되는 단비의 눈.

흑요석을 박아놓은 듯 반짝였다.

173이라는 큰 키에 운동으로 잘 다듬어진 완벽한 바디라인.

다혜를 기분 좋게 부르던 그녀는 자체발광 무결점 미모를 자랑하고 있었다.

백인 여성들과 달리 촉촉하고 부드러운 피부.

이목구비가 크지는 않았지만 얼굴형과 균형 잡힌 오똑한

콧날.

작지도 크지도 않은 붉은 입술.

선이 살짝 짙은 깔끔한 눈썹과 시원한 이마는 단비에 대한 첫인상을 좋게 했다.

올해 나이 스무 살.

이제는 소녀티보다 성숙한 여성으로서의 매력이 더 한껏 풍기고 있는 모습.

육체적인 성숙미 역시 단비의 진정한 여성으로서의 아름다움을 일깨우고 있었다.

"왜 그래~ 대한민국 최고의 미녀 골프 선수께서~"

다혜의 호들갑에 단비도 다혜를 띄웠다.

물론 다혜도 밉상은 아니었다.

단비와는 비교할 수 없었지만 나름 혼자만 두고 보면 꽤 봐줄 만했다.

적당한 키에 흐트러지지 않은 몸매.

시원한 성격만큼이나 부담없이 대할 수 있는 외모.

현재는 차세대 대한민국 미녀 골프 선수 순위에 이름이 올라 있었다.

"그래~ 아가씨와 시녀가 무슨 비교가 되겠니. 내가 주제 파악을 못하는 거지."

"무슨 소리야~ 어서 가자. 널 위해 근사한 레스토랑 에

약해 놨어~"

"정말? 호호, 역시 나의 영원한 베프야~"

내내 비행기 안에서 공항 출국장에서 스쳤던 강민과 제시카 선생님 때문에 속이 시끄러웠던 다혜.

기내에서 제공하는 음식들을 제대로 먹을 수가 없었다.

긴 시간 비행한 탓에 그렇지 않아도 배가 고팠던 참이다.

단비의 레스토랑 예약 얘기에 금세 얼굴이 활짝 폈다.

인천 공항에서 직항 편을 타고 4시 반에 출발했다.

그리고 LA 공항에 도착한 시각은 오전 11시 30분.

반나절 이상의 시차 덕에 하루를 더 사는 것 같다는 표현이 맞을 정도였다.

팟!

팟!

그때 사방에서 플래시가 터졌다.

"와아! 저 사람들 그 유명한 파파라치?"

단비의 일거수일투족을 잡기 위해 경호원들을 비집고 그 틈으로 용케 셔터를 눌러대고 있었다.

은다혜는 얼굴을 가리기는커녕 카메라가 잡는 방향에 대고 브이질을 날렸다.

"예약 시간에 늦겠다. 빨리 가자~"

"응~"

파파라치의 행동들에 이미 이골이 난 손단비.

금세 얼굴색이 살짝 바뀌며 선글라스를 다시 끼고 다혜의 손을 잡아끌었다.

"민이 소식 못 들었지?"

"어? 미, 민이?"

단비의 손에 끌려 걷던 은다혜가 작은 목소리로 물었다.

'이 자식, 도대체 어디로 간 거야?'

분명 제시카 선생님과 팔짱을 끼고 출국장 안으로 들어가는 걸 보고 곧장 쫓아갔다.

하지만 은다혜가 들어갔을 때는 이미 사라지고 없었다.

캐리어를 끈 채 의심이 가는 미국행 게이트부터 시작해 유럽, 아시아 게이트까지 모두 훑었다.

귀신같이 사라져 버렸다.

흔적도 남기지 않고 눈앞에서 모습을 감춰 버린 강민.

분명 다른 사람들보다 눈에 띄는 키에 외모였기 때문에 금방 눈에 들어와야 했다.

그러나 비행기에 탑승하는 그 순간까지 다시 보지 못했다.

"왜? 민이 소식 들어왔어?"

보자마자 강민에 관해 묻는 다혜가 이상하다고 느낀 손단비.

살짝 의심스러운 표정으로 다혜에게 물었다.

선글라스를 끼고 있긴 했지만 정확하게 다혜의 눈동자를 응시하는 손단비.

'에휴, 내 입으로 어떻게 말해.'

다혜는 숨을 몰아쉬었다.

입을 다물기로 다짐한 것.

국산 불여우도 아니고 외국산 불여우와 나란히였다.

벌건 대낮에 팔짱까지 끼고 공항을 활보할 정도라면 안 봐도 뻔했다.

성질 같아서는 공항에서 봤던 것을 모조리 불어버리고 싶었지만 그럴 수 없었다.

무려 3년 동안이나 청상과부처럼 아무도 만나지 않고 강민 소식만을 기다려 온 단비가 상처받을 게 걱정됐다.

일단 좀 더 시간을 두고 정확하게 두 사람이 어떤 관계인지 캐볼 생각이었다.

그때 얘기해도 늦지 않을 것이다.

"소식은~ 궁금해서 그렇지. 나타났으면 너에게 곧장 연락했겠지~ 머리도 좋은 놈이 네 번호를 잊었을 리 없고."

"…놈?"

"……!!"

순간 자신도 모르게 강민에 대한 감정을 드러내고 만

다혜.

한 번도 강민을 그렇게 말한 적 없던 다혜의 말에 더 당황한 것은 단비였다.

"아, 아니야. 내가 그랬어? 설마~"

"…그렇지?"

"…그, 그럼. 네가 민이를 얼마나 소중하게 생각하는데. 내가 미쳤니~"

다혜는 재빨리 시치미를 뚝 떼고 입을 다물었다.

'강민! 너 이 자식, 그 불여우랑 무슨 일만 있어봐!'

은다혜는 온몸의 스팀이 다시 오르는 듯했다.

당장 눈앞에 있으면 온몸의 털을 다 뽑아버릴 기세로 열렬히 의지를 불태웠다.

그간 단비가 어떻게 생활해 왔는지 너무 잘 아는 다혜.

마음고생은 이루 말로 다할 수 없었다.

강민이 그녀의 일편단심에 돌을 던졌다고 생각하니 화가 부르르 끓어올랐다.

은다혜는 강민을 향해 촉을 세웠다.

얼마 가지 않아 분명 한 번은 더 마주칠 것 같은 예감.

그때 사실 파악을 한 후 응징해도 늦지 않을 거라고 생각했다.

단비 눈에 눈물 빼는 놈은 강민을 불문하고 어떤 놈이 됐어도 피눈물을 뽑아낼 준비가 돼 있었다.

다혜가 생각해도 단비가 너무 아까웠다.

다음 생에 남자로 태어나면 단비와 다시 한 번 만나고 싶을 정도였다.

그리고 세상을 뒤집을 만한 희대의 로맨스 주인공으로 생을 불태워 보고 싶은 마음도 있었다.

"어서 타~"

"와아! 이거 리무진 아냐?"

"응, 아빠가 내주셨어."

"역시 미국은 다르구나! 내 소원이 이런 리무진 타고 미국 일주하는 거였는데~ 호호호."

밖으로 나오자 공항 입국장 주차장에 리무진 한 대가 대기 중이었다.

은색으로 햇살을 받아 눈이 부셨다.

잠깐 강민 덕에 열을 올렸지만 금세 얼굴에 환한 미소가 피어났다.

"당분간 시합 없으니까 이거 타고 다녀도 돼."

"이야! 정말?"

급기야 단비의 말에 환호성까지 터뜨리는 은다혜.

아무리 대한민국에서 부유층에 속하는 부자라 해도 주위 이목 때문에 조심해야 하는 부분이 많았다.

부모님께서 워낙 검소한 데다 리무진을 자가용으로 쓰는 부유층도 거의 없었다.

"오늘 뭐하고 싶어?"

"맛있는 점심 먹고 쇼핑 좀 하고 야구 보자!"

"야구?"

"오늘 류가 선발 등판하는 날이야. 같은 동포로서 응원 한 번 해줘야지."

"흐음, 알았어. 야구 보자."

"단비야! 고마워~"

"뭐가 고마워~ 먼 곳까지 친구 보러 와준 네가 고맙지."

"알면 잘해 줄 거지? 구박하면 미국에서 갈 곳도 없다~"

"당연하지. 넌… 그걸 말이라고 하니."

서로를 바라보는 시선 속에 따듯한 정이 흘렀다.

"그래, 우린 베프잖아."

가만히 다혜가 단비의 손을 잡았다.

많은 의미가 담겨 있었다.

'강민 그 자식이 바람 핀 거라면… 드라이버로 거시기 알을 제대로 날려 버릴 거야!'

단비의 마음이 진하게 전해져 올수록 강민에 대한 다혜의 불신은 커져만 갔다.

덩달아 활활 불길을 키우는 적개심.

아직 제대로 마음도 전하지 못한 단비를 배신한 강민.

인간쓰레기가 되느냐, 되돌아온 연인이 되느냐.

사랑하는 사람의 마음을 아프게 하는 것만큼 잔인한 일
도 없다고 생각하는 다혜였다.

같은 하늘 아래서 숨 쉬고 사는 것은 절대 용납할 수 없
는 일.

기필코 정황을 파악하고 응징할 것을 다짐했다.

"먼저 씻어요. 잠깐 나갔다 와야 할 것 같아요~ 기다리
다 배고프면… 냉장고 저기 있어요. 안에 적당한 재료들이
있을 거예요."

"네? 네……."

'헐, 이게 집이야?'

LA 한복판.

상당히 높은 고층 건물로 고풍스러운 외관을 자랑하는
최고층 펜트하우스다.

이건 보다 보다 처음 본 미국 리치 스타일의 인테리어.

거의 모든 것들이 고품격으로 뭐가 더 값이 나가고 안 나
가는지 생각할 수가 없다.

현관 앞에서 바라본 거실만 해도 40여 평은 돼 보였다.

전체 거실에는 크기도 어마어마한 카펫이 깔려 있었다.

은과 금장식의 꽃문양을 무수히 넣어 한껏 멋을 낸 거실 탁자.

사방 벽면을 빙 둘러 그림이 걸려 있었다.

이름있는 화가들의 인물화나 풍경화가 아닌 현대 화풍의 정체 모를 작품들이 화사하게 주를 이뤘다.

또 그뿐인가.

천장에는 6성급 호텔 로비에나 걸려 있을 법한 수정이 주렁주렁 매달린 샹들리에가 반짝반짝 빛나고 있었다.

눈이 황홀했다.

오성그룹 유병철 회장 댁 저택과는 차이가 많은 아메리카 리치들의 인테리어.

종류가 달랐다.

'키야~ 전경 죽이네.'

오른쪽에 난 커다란 창문 너머로 도시 광경이 한눈에 들어왔다.

삐죽한 마천루들의 향연.

제시카의 집이라고 들어온 곳도 그런 종류의 집들 중 하나였지만 이건 왠지 품격이 달라 보였다.

오피스텔 종류가 아닌 순수한 주거 형태의 옥상.

이 또한 말로만 듣던 미국 부유층들의 전유물인 펜트하우스만의 위용이었다.

옥상 반대편 쪽에 정원도 보였다.

키가 큰 나무와 키가 낮은 각종 꽃나무들.

작은 수영장도 마련돼 있는 것이 별천지가 따로 없었다.

한쪽으로는 도시를 발아래 두고 내려다보는 왕좌의 권위를 보이고, 다른 방향은 편안한 휴식처가 마련된 곳.

'제시카, 당신 위너였군요!'

결코 돈으로 환산할 수 없는 부자의 진정한 포스.

존경심이 팍팍 피어오르는 건 무슨 조화인가.

양 도사가 나로 하여금 그렇게 자극해도 절대 순순히 일어나지 않던 뜨거운 감동(?).

그것도 심연의 가장 밑바닥에서부터 스멀스멀 일어났다.

자가용 비행기에 이어 제시카는 부자는 이런 거다라고 그냥 확 견식시켜 주었다.

"편하게 쉬고 있어요. 제 침실만 빼고 모든 곳을 이용해도 좋아요. 둘러보고 마음에 드는 방이 있으면 그곳을 쓰도록 해요."

오성그룹 저택 사이즈와 크게 다르지 않았다.

대충 봐도 수백 평은 돼 보이는 대형 공간.

빠끔히 열려 있는 문 안쪽으로 무수히 많은 책들이 보였다.

서재로 짐작되는 그곳에는 두툼한 양장본 서적들을 비롯

해 어마어마한 양의 책들이 찬장까지 닿은 책장에 빼곡히 꽂혀 있었다.

'방이 도대체 몇 개야?'

대충 봐도 거실을 중심으로 곳곳에 문이 여러 개 보였다.

얼추 눈에 띄는 문만 해도 대여섯 개는 됐다.

복도를 지나 안쪽으로 또 다른 공간이 보였다.

보통 대한민국에서는 방이라고 하면 갖은 가구들과 생활에 필요한 작은 소품들을 한 방에 놓는 게 보통이다.

하지만 그보다 더 넓은 공간을 혼자 다 누리고 있었다.

하긴 한국에 머물 때도 제시카는 부의 상징이라고 말들하던 파워팰리스에 살았었다.

잠깐 잊고 있었다.

과연 누군지 몰라도 제시카와 인연이 되는 사람은 덤으로 부까지 얻게 될 듯했다.

'제시카도 금수저를 입에 물고 낳았었군.'

태생부터 누리고 태어난 사람들은 달라도 뭐가 다른 모양이었다.

얼굴도 예쁘고 몸매도 되는데 돈까지 넘쳐 나는 가문에서 태어난 사람들.

어떻든지 간에 처음부터 그들도 이렇게 부자는 아니었을 것 아닌가.

한 개인의 능력이 이루어낸 부라고 하기에는 상상을 초월했다.

물론 제시카의 부모와 또 그의 조상들이 뿌리가 되어준 환경일 것이다.

이런 모든 환경이 부럽지 않다면 거짓말이다.

부모를 잘 만난 것부터 부족할 것 없이 다 갖추어진 환경.

예린이의 환경도 제시카에 미치지 못했다.

'딱 일 년만 개고생하자.'

설악산에서 보냈던 악착에 자유를 더한다면 일 년만 고생하면 될 것 같았다.

그럼 나도 이곳에 펜트하우스 하나 구입할 수 있지 않겠는가.

사기 치지 않고 능력껏 내 재능을 한껏 발휘에 누리는 부와 명예.

어느 누가 뭐라 하겠는가.

"그럼 다녀올게요. 늦지 않게 올 테니 그렇게 알아요."

거의 대화만 들어서는 회사일 보러가는 와이프의 멘트였다.

자상하게 저녁 걱정까지 하는 제시카.

"걱정 말고 다녀오세요. 뭐, 저녁은 냉장고 재료 봐서 적당한 걸로 하나 만들어 먹죠."

"정말요?"

"네."

"호호호, 기대하던 대답인 걸요."

지친 기색 하나 없이 기분 좋게 웃어 보이는 제시카.

기내에서 샴페인 한 잔 나눠 마시고 잠깐의 대화를 나눈 후 계속 숙면을 취했으니 몸에서 쾌활한 기운이 팔팔 날 만도 했다.

"이제 세상에 둘도 없는 파트너인데 그 정도는 당연하죠."

"그렇죠? 그 마음 변치 말아줘요. 민이는 제가 발굴한 로얄 썬라이징의 영원한 간판스타가 될 거니까요."

두말하면 잔소리였다.

싹싹하고, 제대로 나를 알아봐 준 제시카가 돈까지 알아서 벌어다 준다는데 평생이 대수이겠는가.

"다녀와요."

"네~ 빨리 올게요."

띵.

현관에서 스위치 하나를 누르면 집 앞까지 전용 엘리베이터가 왔다.

입구에서부터 무장한 경비원들이 지키고 서 있는 제시카

의 안식처.

오성그룹 저택 버금가는 경호였다.

스르르릇.

스스스슥.

빙긋.

엘리베이터에 오르면서 손을 흔들어 보이는 제시카.

빙긋 웃으며 윙크를 날리는 순간 엘리베이터 문이 닫혔다.

"하하하하하하하! 알라뷰 아메리카~!!!"

그제야 나는 양껏 광소를 터뜨렸다.

이렇게 빨리, 그것도 합법적으로 스포츠 비자를 받아 미국에 들어오게 될 줄은 몰랐다.

웬만해서는 불가능한 일.

제시카가 적극 관여했을 것이다.

미국 시민권자도 아니고 대한민국에서도 그 누구 하나 보증을 해줄 피붙이도 없는 천애 고아 강민의 미국 입성기.

찬란하게 빛날 나의 미래를 예견한 듯 빠르고 럭셔리하게 진행되고 있다.

하나부터 열까지 제시카의 도움을 받긴 했지만 그 또한 나의 능력이라 할 수 있겠다.

"저쪽 방이 좋겠군."

화려한 도시를 발아래 두고 있는 우측 창가 쪽 방으로 갔다.

"우선 목욕 좀 하고. 미국 물(?)이 얼마나 좋은지 직접 담가봐야지. 우후후."

한때 미국 물만 마시고 와도 혀가 절로 꼬인다는 말이 있었다.

아메리카 스타일이라고 한국에서 한창 붐을 일으켰던 그 유명한 미국 물.

나도 얼마나 혀가 꼬이고 미국 냄새가 배는지 직접 경험해 보고 싶었다.

"루루~ 루루루~"

절로 흥얼흥얼 콧노래가 흘렀다.

이리 보나 저리 보나 삼 대가 엉켜 살아도 부족할 것 같은 대형 펜트하우스.

이곳에서 제시카 혼자 살고 있다면 그야말로 부가 주는 안락함을 제대로 누리고 사는 것이었다.

"도우미도 없는 거야? 이 정도 되면 도우미가 아니라 시종장이 있어야 되겠는데."

제시카의 운전기사는 주차장에 대기하고 있었다.

하지만 집에는 남겨진 나 말고는 인기척이 전혀 없다.

청소라도 할라 치면 하루 온종일 쓸고 닦아도 시간이 부족할 대형 저택.

사박사박.

엘리베이터 앞에 놓아둔 캐리어를 들고 들어왔다.

미국에 간다고 예린이가 나를 위해 장만해 준 옷들과 각종 아이템이 들어 있는 가방.

'잘 챙겨야지.'

잃어버려서는 안 된다.

미국에서도 통할 만한 것들로 최신 패션 소품들을 챙겨 주었다.

또 내가 가진 전부였다.

스르르르릇.

태양빛이 강하게 비춰 들자 블라인더가 자동으로 작동하며 내려왔다.

"원더플~"

절로 감탄이 터져 나왔다.

지금 이 시간부터 내가 누리게 될 리치들의 일상생활.

더 이상 한겨울 얼음장 깨고 설악산 계곡물에 들어앉아 샤워하던 내가 아니었다.

물론 근본은 잊지 않을 것이다.

그렇다고 과거 때문에 현재를 즐기지 못한다면 그 또한 내 인생에 지대한 우를 범하는 것이 아니겠는가.

그것은 설악산 양 도사도 동의할 것이다.

본인 입으로 인생 그거 한 번쯤 폼 나게 살 만하다 했으
니 말이다.

제7장
운명 속의 여인

"정말요? 강민이 미국에 왔다구요?"

"오늘 도착했을 거다."

"어디로 갔는데요?"

"그것까지는 잘 모르지만 야구를 하러 LA에 간다고 했어."

"야구요? 골프가 아니라?"

"그렇게 들었다."

스스스슷.

점심시간을 얼마 남겨두지 않은 시간.

아침 운동을 마치고 가볍게 샤워를 하고 나온 왕화령이 한국에서 걸려온 왕 사장과의 통화를 하고 있었다.

샤워 타올을 몸에 걸치고 젖은 머리를 수건으로 감쌌다.

전화를 해온 왕 사장은 화령에게 나름 중요한 정보를 전해 주었다.

그간 강민의 소식을 궁금해 했던 화령.

한국에서 잠깐 스치듯 만난 인연이지만 강민에 대한 인상이 강하게 남아 있었다.

그동안 행적이 묘연했던 걸로만 알고 있었다.

간간이 한국에 있는 아버지 왕 사장을 통해 소식을 들어왔다.

그런데 3년 만에 나타난 그가 미국으로 향했다고 한다.

"어때요? 더 멋져졌죠?"

화령은 3년 전 북경루에서 보았던 강민을 떠올리며 아련한 눈빛으로 물었다.

"물론이다. 누누이 말했지만 그 녀석 하나 잡으면 아빠가 대인 소리 들을 수 있을 것이야."

늘 들어왔던 얘기지만 오늘따라 더 기분 좋게 느껴지는 아버지의 당부.

"……"

"화령아, 녀석 좀 어떻게 잡아봐라."

"호호호, 알았어요. 그땐 오성그룹 막내딸인가 하는 여자 애한테 밀렸지만… 여긴 미국이에요. 두고 보라구요."

시간이 지난 만큼 화령 역시 농염한 여성미가 넘치고 있었다.

"하하하, 그래. 너만 믿는다."

화령의 자신감 넘치는 목소리에 왕정겸도 다른 때보다 더욱 믿음이 갔다.

"전화번호 알죠?"

"주고 갔다."

"문자로 넣어주세요. LA면 멀지 않으니까요."

"알았다. 필요한 것 있으면 바로 연락해라. 내 아낌없이 지원해 주마."

"없어요. 올해 상금 랭킹 순위가 5위권이에요. 충분해요."

"그래, 자랑스럽다, 화령아. 네 어깨에 가문의 미래가 달렸다."

"네, 가문에도, 아빠에게도 부끄럽지 않은 딸이 될게요."

어린 나이 때부터 가문의 부활이 어떤 의미를 갖는지 너무나 잘 알고 자라온 왕화령이었다.

"그럼 쉬어라."

"네, 아빠도 수고하세요."

"오냐."

이제는 강남에 북경루가 완전히 자리를 잡으면서 매일 정신없이 보낸다고 들었다.

점점 더 가까워지고 있는 가문의 영광스러운 복원.

가문의 일원으로서 모두가 최선을 다하고 있었다.

띠릭.

통화가 끝났다.

"강민… 미국에 왔다 이거지~"

파밧.

화령은 마치 물오른 암코양이처럼 요사스러운 눈빛을 반짝였다.

스스스스슷.

물방울이 맺히는 젖은 머리카락을 타월을 풀어 닦으며 강민을 떠올렸다.

주르륵.

조금 전 샤워를 마치고 나온 왕화령의 몸에 감겨 있던 타월이 풀리며 바닥으로 흘러내렸다.

순간 고스란히 드러난 왕화령의 나신.

눈이 부셨다.

더 이상 소녀가 아닌 성숙한 여인의 향기가 절정에 이르러 있었다.

스무 살 여인의 우윳빛 전라의 모습.

운동을 하는 여성답게 몸의 근육은 탄력이 넘쳤다.

동그랗고 봉긋한 탄력있는 가슴과 잘록하게 들어간 허리.

건강한 여성의 아름다운 몸만큼 강력한 무기도 없었다.

골프 선수에게는 약간의 단점일 수 있다는 풍만한 바스트.

화령은 특유의 타법으로 불리함을 극복하고 현재 엄청난 인기를 구가하고 있었다.

날이 갈수록 골프 인구가 급증하고 있는 중국 본토.

화령은 본토에서 누구나 환호하는 대중적 스타가 되어 있었다.

단 한 번도 누구에게 보이지 않은 화령의 나신은 모든 수컷들을 황홀경에 빠뜨리기에 충분했다.

터질 듯한 유혹의 절정.

아시아뿐만 아니라 미국과 유럽에서도 인기가 급상승하고 있는 지금.

실력이 뒷받침되는 미녀들은 언제 어디서나 환영받았다.

"기다려, 강민. 넌 처음부터 내 거였어."

다시금 머리를 타월로 감아올리며 걸음을 옮겼다.

자신감이 넘치는 화령의 뒷모습.

북경루에서 만났을 때만 해도 화령과 강민은 미성년자였다.

물론 콧대도 높았지만 당시 강민은 화령에게 크게 호감을 보이지 않았다.

하지만 이곳은 미국.

외로운 타국에서의 생활은 화령이 먼저 해봐서 잘 알고 있었다.

누군가 기댈 사람이 필요할 때 사람은 사정없이 무너지게 돼 있다.

지금도 화령의 주변에는 눈먼 수컷들이 무수히 많았다.

그 어떤 여인도 흉내 낼 수 없는 매력과 향기를 갖고 있는 화령.

그녀의 입가에 자신감이 충만한 미소가 진하게 피어올랐다.

3년 동안 뒤에 감춰두고 때를 기다렸던 만큼 강한 의지가 발동하고 있었다.

이제야 제대로 공략해야 할 타깃이 나타난 것이다.

"빠바바밤~! 빠바밤♬"

쿵! 쿵! 쿠구구궁!

집 안을 울리는 고급 오디오 시스템.

상상할 수도 없을 만큼 엄청난 가격의 제품이다.

수천 와트는 족히 넘을 것 같은 강력한 음량.

둔중하면서도 미세한 저음까지 완벽하게 재생하고 있었다.

메인 우퍼와 서라운드 시스템으로 구성돼 집 안 곳곳을 연결하고 있는 수십 개의 스피커들.

제시카가 나간 뒤 방에 짐을 풀고 오디오를 켰다.

MP3에는 수만 곡이 들어 있었다.

그중 클래식 한 곡을 선택했다.

모르는 사람이 없을 만큼 평범한 클래식이지만 결코 또 그렇지 않은 베토벤의 운명.

좌아아아아악.

처음으로 경험하는 미국 물(?)의 뜨거운 감촉.

'스케일이 달라, 스케일이.'

처음엔 수영장인지 목욕탕인지 구분이 안 갔다.

바닥에 깔려 있는 미끄럼 방지 처리까지 돼 있는 붉은 대리석이 먼저 눈에 들어왔다.

적어도 20여 평은 될 것 같은 풀장 같은 샤워실.

천장과 벽, 바닥까지 모두 대리석이었다.

샤워 꼭지는 두 개나 달려 있었고 대여섯 명은 들어가도 충분할 대형 월풀 대리석 욕조까지 구비돼 있었다.

샤워기에서 쏟아지는 뜨거운 미국 물로 온몸을 씻었다.

늘 로마에 가면 로마법을 따르라 하지 않던가.

미국에 왔으니 미국 물에 적응해야 한다.

바바바바 ♬ 바아아아 바바바 ♬

쏟아지는 물소리에 섞여 들려오는 강렬한 선율.

씻는 내내 나는 베토벤이라도 되는 양손으로 허공을 휘저으며 박자를 맞췄다.

좋았다.

완벽하게 갖춰진 환경에서 누리는 온전한 자유.

6년 묵은 때를 미국까지 와서 벗겨내고 있었다.

시간 난 김에 말끔하게 씻어내고 싶었다.

한국에 있었으면 어느 하늘 아래 있었어도 불안했을 것이다.

결코 양 도사의 손아귀를 벗어날 수 없었을 테니까 말이다.

하지만 이곳은 아메리~카.

결코 양 도사는 꿈꿀 수 없는 땅이다.

'흐흐, 스승님, 죽어서 천상에서 만나요!'

결단코 양 도사의 사망 소식을 접하기 전까지는 대한민국 땅을 밟을 생각이 없었다.

큰도사이니만큼 언론에 보도될 것이다.

아니면 천상계로 산 채로 넘어갔다는 허무맹랑한 소문이라도 퍼지든지 말이다.

이유를 막론하고 양 도사가 있는 한국 땅은 최대한 늦게 밟을 것이다.

돈 왕창 벌어 따뜻한 곳 중심으로 섬 몇 개 사놓고 자가용 비행기 타고 여유를 누리며 살고 싶다.

아메리카만 봐도 세상은 넓고 할 일은 넘쳤다.

고국을 등질 생각은 추호도 없었지만 호랑이 굴 속에 다시 찾아 들어갈 마음은 죽어도 없었다.

스스슥스슥.

미국 스타일인 듯 샤워헤드 주둥이가 유난히 컸다.

한꺼번에 수백 개의 뜨거운 물줄기가 동시에 쏟아져 나오며 온몸을 적셨다.

'키야, 샴푸 종류가 몇 개야.'

비누 하나면 샤워부터 머리까지 다 해결했던 지난 시간.

제시카의 욕실에는 수십여 개의 각종 유기농 샴푸와 린스 등 두피 케어 제품을 비롯해 바디 워셔까지 즐비했다.

요일별로 각기 다른 것을 써도 종류가 남을 만큼 많았다.

내공을 다스려 일정 경지에 도달하게 되면 굳이 몸을 씻을 때도 비누 같은 것을 사용할 필요가 없었다.

일단 호흡을 통해 몸 안의 탁기를 배출했고 신체 기능도 일반인과 비교할 수 없을 정도로 강화된다.

쉽게 말하면 씻지 않아도 피부는 항상 청결한 상태를 유지한다는 말이다.

그렇다 보니 양 도사도 일 년 가야 겨우 한 번 씻을까 말까 했었다.

처음에는 이해할 수 없었지만 나 역시 그 전철을 밟고 있음에도 몸에서 악취가 나지 않아 알게 되었다.

양 도사만 가능했던 슈퍼클린 기능이 이제는 내게도 작동했다.

굳이 변명하지만 지금 나는 보통 샤워를 하는 것이 아니다.

일명 약간의 의식과 같은 행위라고나 할까.

종교 의식과 비슷한 의미로 미국 물에 나를 담그고 씻는 것이다.

앞으로 미국에서 잘 먹고 잘살자는 축제의 의미 정도다.

스스스슷.

손은 부지런히 움직였다.

빠바바밤 빠바바밤 ♪

리플레이된 운명 교향곡도 다시 한 번 절정에 오르고 있었다.

아무도 없는 제시카의 럭셔리 펜트하우스.

거대한 공간을 나 홀로 지배하고 있었다.

폭탄이 떨어져도 일체 들리지 않을 것 정도의 풍성한 음향이 구석구석 파고들었다.

쿠구구구궁! 쿠궁! 쿠궁!

"제시카! 언니! 미친 거 아냐? 이러다 아파트 무너지겠어……."

띠리릭.

엘리베이터 문이 열리자마자 온갖 인상을 쓰고 나타난 아만다 로엘.

엉덩이 라인이 살짝 보이는 찢어진 청바지에 까만색 탑.

그리고 그 위에 새하얀 셔츠를 걸쳤다.

가슴골이 깊게 파인 아슬아슬한 탑에 건들거리듯 행동하는 게 길거리를 헤매다 귀가하는 불량소녀 같은 인상이다.

결코 대기업 회장의 막내딸로는 보이지 않는다.

스타킹이나 양말도 챙겨 신지 않고 대충 푸른색 스니커즈를 끌고 집 안으로 들어서는 아만다.

인상이 구겨질 대로 구겨졌다.

얼마 전 기분 전환을 하겠다고 머리카락을 어깨에 닿을 듯 말 듯한 길이까지 잘라 버렸다.

정돈되지 않은 머리카락은 검은색 뉴욕 양키스 모자에

신경질적으로 눌려 있었다.

며칠 전에 끝난 LPGA 투어에서 겨우 10위권에 턱걸이를 했다.

초반에는 좋았지만 중반에 함께 라운딩했던 실력자들 때문에 마인드 컨트롤이 실패해 기회를 날려 버렸다.

언니 제시카에게 위로를 받고 싶어 찾아왔지만 해외 출장 중이었다.

오늘 입국한다는 소식에 부리나케 달려온 아만다 로엘.

제시카와 함께 클럽에 가려고 했다.

빠바바바밤~ 🎵

"취향하고는……. 언니도 이제 늙었어."

양쪽 귀에 꽂고 있던 MP3를 빼며 고개를 저었다.

너무나 고전적이기에 식상한 클래식.

그것도 베토벤 5번 교향곡의 강렬한 선율.

사박사박.

슬리퍼로 갈아 신지도 않고 양탄자 위를 걸었다.

제시카의 펜트하우스를 마음대로 출입할 수 있는 패밀리 중의 한 사람.

행동도 거리낌이 없었다.

지금 이곳 LA 펜트하우스는 어느 개인의 소유가 아니었다.

말인즉 로얄그룹 회장의 개인 별장 정도의 개념.

"언니! 언니!"

제시카가 보이지 않자 크게 언니를 불렀다.

"……."

하지만 대답이 없었다.

"샤워 중인 거야?"

남달리 깔끔을 떨었던 어린 시절의 제시카.

성인이 돼서도 달라지지 않았다.

사박사박.

걸음도 자연스럽게 아만다는 욕실 쪽으로 향했다.

"언니~ 나왔어~"

스륵.

넓은 욕실의 문은 자동문.

따로 물이 튀지 않도록 구조가 돼 있었다.

반투명한 유리로 돼 있어 내부가 보이지는 않았다.

아만다가 다가가자 자연스럽게 열리는 문.

스스스스슷.

환기 장치가 가동되고 있어 수증기 냄새만 약간 날 뿐,
완벽하게 시야가 확보되었다.

"……!!"

열린 문을 통과하지 못하고 아만다는 그대로 멈춰 섰다.

눈에 들어오기 시작한 낯선 실루엣.

작년에 사귀다 헤어진 럭비부 주장은 명함도 못 내밀게 생긴 바디의 주인공.

완벽한 라인과 탄탄한 근육이 빚어내는 볼륨.

실오라기 하나 걸치지 않은 채 아만다를 마주한 채 서 있었다.

남자다.

그것도 낯선.

"아악!"

문이 열림과 동시에 무의식적으로 돌아선 남자.

갑자기 비명을 질렀다.

후다닥.

급하게 두 손을 내려 자신의 그것을 감쌌다.

이미 아만다의 두 눈에 찍힌 뒤.

선명하고 똑똑하게 기억 속에 박혀 든 뒤라 방어 자세가 부질없었다.

"누, 누구세요!"

물에 젖은 생쥐 꼴을 한 남자가 아만다에게 물었다.

뾰족한 목소리다.

'동양인… 잘생겼다!'

아만다는 물을 뚝뚝 떨어뜨리며 서 있는 남자를 빤히 쳐다보았다.

학교에서도 한둘 정도밖에 없는 짧은 헤어스타일을 한 동양의 남자.

아만다는 자신과 비슷한 또래임을 알아봤다.

키는 190 정도.

전신에 고루 발달된 잔근육들이 마치 조각상을 마주하고 있는 듯했다.

"아만다~ 제시카 로엘이 언니예요."

남자는 한껏 당황해 어쩔 줄 몰라 했지만 아만다는 여유 있는 미소까지 띠며 말했다.

'남자 친구는 아닌 것 같은데…….'

제시카가 독신 선언을 한 것은 아니지만 매번 회사 일에 몰두하며 지내느라 남자 친구를 사귀지 않았다.

그런 제시카를 상대하기에는 아직 어려 보이는 남자다.

또 평소 도도하고 콧대 높기로 악명을 떨친 제시카의 취향도 아니었다.

"무, 문 좀 닫아주시면 안 될까요?"

어쩔 줄 몰라 하는 표정으로 아만다에게 말을 건네는 남자.

'어? 시민권자야?'

남자의 영어 발음은 본토 발음이었다.

유창한 고급 영어를 구사하는 데다 발음도 완벽했다.

"실례했어요~"

뒤로 물러나기 직전 다시 한 번 남자의 몸을 샅샅이 훑어 보는 아만다 로엘.

'호호, 마음에 드는데?'

울적했던 기분이 확 사라졌다.

아만다가 보였어야 할 당황스러움을 몸소 잘도 표현한 남자.

골프를 즐긴 탓에 아만다는 마른 몸매의 남성보다 근육 이 좀 있는 남자를 선호했다.

전 남자 친구는 럭비부 주장이었다.

다른 건 몰라도 아만다의 눈에 확 들어온 남자의 조각 같 은 바디.

"며칠 놀다 가야겠네~"

골프가 주력이었지만 크게 목을 맬 정도는 아니었다.

할아버지와 할머니로부터 물려받은 그룹 주식만도 상당 했기에 금전적인 문제를 걱정해야 할 일은 없었다.

대신 정신력이 약했다.

굳이 다른 이들처럼 생존을 위해 전투적으로 움직여야 할 이유가 없는 만큼 절실함도 적었다.

실력만큼은 탁월했지만 끈기가 부족한 아만다.

빠바바바밤! 빠바바바~ ♬

다시 한 번 리플레이되는 베토벤 운명 교향곡.

"빠바바바~"

처음 구식이라고 거들먹거리던 아만다의 입은 어느새 흥얼거리며 음률을 타고 있었다.

아름다운 나신에 정신을 빼앗기는 것은 남자나 여자나 다르지 않았다.

견물생심이라.

눈으로 보고 말았으니 마음도 함께 달아오르는 것은 당연했다.

게다가 볼품없지 않았던 남자의 전신.

부드러운 여인의 곡선미와는 달랐지만 조형적인 인상을 남긴 만큼 완벽한 매력을 품고 있었다.

아만다는 팔짱을 낀 채 거실을 어슬렁어슬렁 걸었다.

"뭐, 뭐야! 나 지금 당한 거야?"

영혼이 육체를 이탈하기 일보 직전의 상황이 벌어지고 말았다.

지난 20년 동안 고이 지켜온 나의 순결(?).

당했다.

처음엔 언뜻 제시카인 줄 알았지만 확실히 그녀는 아니

었다.

아니나 다를까, 제시카의 동생.

나름 교양이 넘치고 지적인 면이 풍부한 제시카.

때론 섹시함을 어필하느라 과감하게 나올 때도 있었지만 이 정도는 아니었다.

척 봐도 망아지 같은 거친 기질이 엿보이는 제시카의 동생.

이름이 아만다라고 했다.

무결점 나의 순결한 정조에 크나큰 상처를 남기고 나갔다.

"그런 음탕한 눈빛은 내 처음 겪는다! 이건 대반란이야!"

그간 순수한 영혼만큼이나 정숙하게 관리해 온 나의 비단결 같은 몸.

목욕 재개하고 무지막지하게 겁탈당한 기분이었다.

사실 내가 비명을 질렀다는 것도 몰랐다.

천하의 강민이 비명 따위를 지를 일은 단 한 번도 없었다.

순간 쫄았다.

그 어느 누가 그런 상황에서 당당할 수 있겠는가.

평소에는 절대 용납할 수 없는 방심.

설악산 양 도사가 없는 하늘 아래 있다는 것만으로 나에게는 완벽 보호 공간과 같았다.

입구부터 지키고 있는 무장 경비원들.

그리고 제시카만이 쓰고 있다던 특별 엘리베이터와 펜트
하우스.

상상할 수 없었던 일이다.

베토벤의 빵빵한 교향곡에 심취해 세차게 쏟아지는 샤워
기의 물줄기를 맞으며 즐거운 시간을 즐겼다.

이런 어처구니없는 상황이 벌어질 거라고 누가 생각이나
했겠는가.

아무도 없는 공간이라는 것에 내공과 감각 기관을 느슨
하게 풀어놓은 상태였다.

군이 예민하지 않아도 되는 환경에 놓여 있었던 것이다.

그 틈을 타 낯선 여인이 문을 열었다.

그것도 홀딱 벗고 일을 치르고 있는 욕실 문을.

되레 당황하는 기색 하나 없이 천천히 나의 모든 곳곳을
샅샅이 훑던 아만다의 짙푸른 눈동자.

'으으으으.'

다 까발려졌다.

그 어디에서도 꺼내놓지 않았던 나의 물건이 처음 대면
한 여인에게 침탈당했다.

"하아, 나 인생 막 살게 되는 거야?"

남자에게도 정절이라는 것이 있다.

물론 정절을 지키기 위해 집착할 이유는 없지만 말이다.

느닷없이 여인에게 당한 일격에 정신은 혼란의 극치를 달리고 있었다.

"훗……."

하지만,

"뭐, 어떡해. 언젠가는 필요했던 과정인데. 그래, 차라리 잘된 거야. 성인이잖아, 이 정도는 감당할 수 있어야 어른이 되는 거지."

스스로 위로에 나섰다.

나만의 긍정 마인드를 써서 에너지를 돌렸다.

이미 오픈된 몸.

기꺼이 더 큰 자유를 맞이하리라.

"흐흐흐, 제시카 동생이라고?"

아주 잠깐이었지만 눈에 확 들어오는 외모.

물론 차림이 좀 방종해 보이기는 했지만 제시카 못지않은 섹시함이 풍기는 체형의 소유자였다.

한국 고등학교 재학 시절 제시카가 스치듯 말했던 동생이 분명했다.

당시 골프 유망주라고 했다.

아만다가 나를 훑는 순간 나 역시 그녀를 짧게 강하게 스캔했다.

키도 컸고 몸매도 끝내줬다.

어려서 그런지, 제시카와는 또 다른 느낌을 주었다.

약간은 학자 타입의 섹시함을 보이는 제시카와 달리 통통 튀는 발랄한 이미지의 섹시함이 그대로 엿보였다.

아만다는 나이도 나와 같다고 했다.

긍정적으로 생각을 바꾸면 세상 모든 것이 바뀐다고 했던가.

도착하자마자 또래 친구를 얻은 것이다.

그것도 얻기 힘들다는 XX친구.

"루루루~"

나는 마저 샤워를 했다.

다시 기운을 찾아야 아만다를 똑바로 볼 수 있을 것이다.

아주 뻔뻔스럽게 정면으로 말이다.

바바바바♪~ 바바바……♪

격정의 선율 구간이 지나고 고요한 파트로 넘어가는 운명 교향곡.

나의 격변하는 하루를 대신하는 듯했다.

나 또한 전라의 모습을 또 다른 인연과 마주한 운명의 날이 아닌가 말이다.

치이이익 치이익.

달궈진 프라이팬에 아마트리치아나를 노릇하게 구워 팬 볶음 파스타를 준비했다.

토마토 스파게티와 비슷했지만 맨 나중에 팬에서 볶아 마무리를 하는 게 달랐다.

구수한 맛이 더한 파스타로 간단하게 먹을 수 있는 점심 요리로 제격이다.

펜트하우스에 얼마나 머물게 될지는 모른다.

그러나 시간이 날 때마다 이렇게 넓고 요리하기 좋은 환경에서 음식을 만드는 건 꽤 기분 좋은 일이다.

식재료뿐만 아니라 식기와 갖은 기구들이 모두 명품 중에서도 명품들.

장인의 손이 닿지 않은 물건들은 보이지 않았다.

요리사를 꿈꾸는 이들이라면 누구나 이상향으로 여길 만한 공간이다.

"정말 요리사야?"

"보면 몰라?"

"와우! 놀라워~"

사람.

그것도 특히 젊은 남녀만큼 가까워지기 쉬운 존재들도 드물 것이다.

일단 볼 것 다본 사이라면 더더욱 그렇다.

순간을 계기로 스스럼없는 관계가 된다.

기왕 그렇게 돼버린 것, 느긋하게 여유를 즐기며 미국 물을 충분히 맛본 후 밖으로 나왔다.

자리에 앉지도 않고 입구에서 나를 빤히 쳐다보고 있던 아만다.

눈동자가 유난히 파랗게 빛났다.

최대한 뻔뻔한 낯으로 통성명을 했다.

아만다는 이미 나를 알고 있었다.

놀랍기도 했지만 나 역시 아만다 얘기는 오래전에 들었기 때문에 그러려니 지나갔다.

하지만 아만다가 뒤이어 한 말이 더 놀라웠다.

3년 전 한국에서 교사 일을 접고 미국에 돌아온 제시카가 여러 차례 나에 관한 이야기를 했다는 것이다.

내용인즉, 나이가 어린 소년이지만 대단히 유망한 슈퍼 스타감이라고 했단다.

그쯤 나 역시 아만다를 익히 알고 있었다고 말했다.

제시카의 말을 빌려 귀엽고 사랑스러운 골프 유망주라고 들었던 말을 전했다.

그 말을 듣고 아만다는 꽤 좋아했다.

곧 악수를 나누었고 당장 친구가 됐다.

어느 심리학자가 이런 말을 했다.

남자와 여자에게 필요한 것은 단 일 초다.

그 일 초면 서로에 대한 호감과 비호감을 정확하게 판단할 수 있다고 말이다.

그 점에서 아만다와 나는 안팎으로 통했다.

아만다의 입장까지는 알 수 없지만 진정한 미국 부유층 자녀와 친구가… 되는 걸 누가 마다하겠는가.

성격도 겪은 바와 같이 화끈했다.

주저하지 않고 내 이름을 부르며 요리하는 내 옆에 딱 붙어 감탄사를 연발했다.

"재료가 최상급이야."

분명 며칠 동안 나와 함께 한국에 있었던 제시카.

집은 비어 있었을 텐데도 냉장고 두 대 안에 보관돼 있던 재료들은 모두 최상의 신선도를 보였다.

"아빠 호텔 체인에서 며칠에 한 번씩 식재료를 공급해 줘."

'헐, 그랬군.'

혼자 지내는 제시카를 위한 서비스치고는 화끈했다.

이 정도 양이면 수십 명이 파티를 즐겨도 될 만한 양이다.

그것도 육해공군을 모두 구비해 놓아 완벽한 상태.

물론 온 가족이 함께 지내던 오성그룹 저택의 냉장고 안만은 못했지만 여성 혼자 사는 것치고 과할 만큼 신선한 식품들이 많았다.

"시합 없어?"

"당분간 쉴 생각이야. 요즘 기분이 별로거든……."

친구 먹은 지 딱 몇 십 분이 흘렀다.

아만다의 성격을 짐작할 수 있었다.

거침없이 자신의 감정을 솔직하게 표현하는 성격.

속을 짐작하기 힘든 제시카와는 사뭇 달랐다.

말을 섞을수록 아직은 덜 성숙한 소녀티가 더 많이 나는 아만다에게서는 순수함이 묻어났다.

훌러덩.

'정말… 죽이네.'

분위기가 편해서인지 생활 습관이 본래 그런지 모르지만 과감하게 행동하는 아만다.

문화 차이도 분명 영향이 있기도 했지만 종일 눈이 호사를 누렸다.

탱크 탑 위에 걸치고 있던 흰 셔츠를 벗어던졌다.

그러자 탱탱하게 부푼 가슴선이 그대로 눈앞에 드러났다.

거의 백인 여성들의 피부는 주근깨투성이인 경우가 많다

고 했는데 그렇지도 않았다.

제시카와 마찬가지로 피부는 깨끗했다.

게다가 더 어려서 그런지 매끈하고 윤기가 흐르는 옥빛 피부였다.

또 허리는 얼마나 잘록한지.

짧은 데다 살짝 찢어져 아슬아슬하게 엉덩이살이 보이는 하의.

꿀꺽.

젖은 침이 넘어갔다.

다른 생각과 표현을 한다는 것은 아만다에게 실례였다.

쭉쭉 뻗은 새하얀 롱다리는 야릇함보다는 정말 잘 빠진 모델 같았다.

성숙한 제시카를 대면해 봐서 그런지 그렇게 유혹적인 분위기는 연출되지 않았다.

이제 막 피기 시작한 붉은 장미처럼 톡톡 튀는 매력이 있는 아만다.

아직 때 묻지 않은 듯 맑게 빛나는 파란 눈동자는 그녀에 게만 신이 내린 선물 같았다.

코는 또 어떤가.

동양 여성들의 콧날과는 확연히 차이가 났다.

이목구비의 선이 굵고 가늠의 차이가 확실히 구분되는

안면 구조.

제시카에 이어 감탄할 만한 제2 미모의 여성이었다.

두 여성을 한집에서 만나게 된 것도 나의 운.

3년 전, 처음 한국 고등학교에서 제시카를 대면했던 것만큼 감동이 밀려왔다.

"그래, 그럴 땐 쉬는 게 힘을 재충전하는 방법이기도 하지. 푹 쉬어. 한국 속담에 열심히 일한 그대 푹 쉬고 마셔라라는 말이 있거든."

나는 광고 속 멘트를 그럴싸한 속담처럼 돌려 말했다.

"그래? 그거 정말 멋진 속담인데~ 호호호."

"피똥 쌀 정도로 일한 사람이 먹고 마실 수 있다는 아주 유용한 격언이지."

"피똥? 호호 호호호호호호호호."

피똥이라는 말에 자지러지게 넘어가는 아만다.

제대도 어감이 전달된 본토 발음을 구사한 덕이다.

한국에서야 그저 그런 낱말이었지만 아마다에게는 충격적인 단어 조합이었을 것이다.

나만의 속담에 크게 한바탕 웃은 아만다.

'이게 무슨 복이냐.'

앞에 앉아 웃을 때마다 출렁거리는 아만다의 앞가슴.

손은 분주히 요리를 하고 있었지만 나의 눈은 고성능 카메라처럼 아만다의 모든 것을 담아냈다.

눈을 한 번 깜빡일 때마다 스냅 사진처럼 찍혀 드는 장면들.

미국 땅 밟자마자 터진 여복이 아닐 수 없다.

옛말에 이런 말도 있지 않은가.

복 있는 놈은 엎어져도 여인의 가슴에 코를 박는다!

그 말이 어찌 그렇게 정확한지.

"요리 다 됐습니다~"

"와아! 맛있겠다!"

짝짝짝.

요리하는 내내 지켜봤던 아만다가 완성된 요리를 내놓자 손뼉을 치며 감탄했다.

"제시카 온다고 하지 않았어?"

"지금쯤 오고 있을 거야. 회사가 바로 앞이야."

좀 전에 제시카에게 전화를 넣은 아만다.

자신이 펜트하우스에 입성했음을 알렸다.

분명 나와 오붓한 시간을 상상하며 즐거워했을 제시카.

아만다 덕분에 야릇한 분위기의 저녁을 패스할 수 있어 나는 좋았다.

그녀의 눈빛과 손길은 마수의 그것과 흡사했다.

'제시카를… 항상 조심해야 해.'

틈만 보이면 나를 노리는 눈빛이 빛났다.

먹이를 노리는 야수처럼 말이다.

물론 나를 기업의 간판스타로 내거는 게 목적이라고 했지만 한편으로는 제시카 인생의 특별 투자 대상으로 보는 경향이 짙었다.

때때로 위험한 그녀의 도발이 나를 당황케 했다.

하루라도 빨리 집을 얻어 독립할 공간을 마련해야 했다.

치리릭.

'왔군.'

아만다 덕에 제대로 긴장 풀지 말고 살아야 함을 깨달은 오늘.

주변 기운 변화 파악을 게을리하지 않았다.

촉각을 세워놓은 내 귀에 현관문 열리는 소리가 들렸다.

"아만다~ 부엌에 있니?"

"언니~ 여기."

또각또각.

구두를 신은 채 양탄자 위를 걷는 제시카.

스르륵.

볶음 스파게티를 접시 세 개에 나눠 담았다.

백색 자기 위에 소복이 담긴 붉은 색감의 파스타.

스슷.

그 위에 바질 잎을 장식으로 올렸다.

딸깍.

그리고 수프 그릇에 따끈하게 데운 감자 크림수프를 담았다.

먼저 양파를 버터와 함께 볶았다.

양파가 다 익은 상태에서 믹서에 갈아 다시 우유와 크림을 넣고 부드럽게 끓여낸 감자 크림수프.

소금으로 간을 맞춘 후 식빵 몇 조각과 치즈찰다를 곁들여 옆에 놓았다.

거의 7성급 호텔 수프 요리 수준이다.

넓은 주방 식탁 위에는 아침에 구운 듯한 각종 빵들이 종류별로 놓여 있었다.

덕분에 수프와 파스타 정도로도 간단한 점심 식사가 가능했다.

한국인의 주식이 쌀밥이었던 것처럼 이들의 주식은 브레드.

지금은 한국도 식문화가 많이 바뀌었지만 말이다.

"숙녀분들, 앉으세요."

"어머~ 냄새가 정말 좋아요."

"언니! 민이 정식 요리사래."

"……"

"알고 있었어?"

느닷없이 아만다가 나와 친해진 느낌을 받은 듯 살짝 당황한 기색이 엿보이는 제시카.

하지만 아만다는 전혀 눈치채지 못하고 있었다.

물론 나도 제시카의 변하는 표정을 모른 척했다.

굳이 한 번 통한 관계를 흐트러뜨리고 싶지 않았다.

잠시 멈칫하던 제시카가 무슨 생각을 했는지 다시 환하게 웃으며 아만다와 나를 번갈아 보았다.

"아만다, 그냥 요리사가 아니야. 중식, 일식, 그리고 이탈리아 요리에까지도 정통한 천재 요리사라구."

"저, 정말? 와아아~! 민, 정말 대단해!"

제시카의 말에 두 눈에서 하트를 뿅뿅 발사하며 나를 바라보는 아만다 로엘.

"먹고 싶은 거 있음 말만 해. 친구잖아. 한턱 쏠게."

"좋아! 민이가 쏘면 나도 소원 하나 들어줄게. 내가 해줄 수 있는 한도 내에서. 모든 걸 다~"

파바밧.

'헐······.'

화끈한 아메리카 스타일.

아만다의 말에 위험 신호를 알리는 경고음이 머릿속에서 울렸다.

이제는 제대로 신호가 잡히는 여성들의 감정.

만난 지 이제 겨우 한 시간을 넘기고 있었다.

아만다가 나에게 보이는 호감도는 일정 범위를 넘어서고 있는 듯했다.

한 번에 너무 많은 것을 보여줘 버린 대가 같았다.

듣기로 백인 여성들은 동양 남자를 그다지 선호하지 않는다고 들었다.

게다가 나는 개뿔, 아무것도 없는 평범한 동양 남자.

아직 출세 가도를 달리지도 않았고 그 길 위에 오르지도 않았다.

갓 메이저리그에 도전하려는 나를 보고 욕망의 눈빛을 빛내고 있었다.

부르르.

알 수 없는 한기가 온몸을 타고 흘렀다.

격하게 뒤통수를 스치는 양 도사의 일갈이 정신을 번쩍 들게 했다.

옥황상제도 끊지 못한 것이 여심이라 했다.

거의 지옥계의 마약으로 통한다는 여심.

'정신 차리자. 강민, 너의 청춘을 위해!'

아직 꽃도 피워보지 못한 나의 청춘.

홀랑 정조를 훔쳐 가더니 이제는 본격적으로 내 인생 전부에 침을 바르려 하고 있었다.

물론 아만다 정도면 훌륭하다 못해 넘치는 상대였다.

그러나 발을 담글 수는 없다.

그토록 어여뻤던 예린이도 저버리고 도망치듯 떠난 고국.

그리고 발 닿은 미국.

아만다가 꿈꾸는 러브러브를 진행하기에는 마음의 여유도 없었고, 또 그러고 싶지도 않았다.

"아만다, 민은 그걸로 안 넘어간다."

"호호, 정말 그럴까?"

"내기할까?"

"좋아! 반드시 올해가 가기 전에 민이를 내 파트너로 만들겠어."

"좋아. 그럼 각자 아끼는 물건들 하나씩 내놓기. 난, 아일랜드 비치 팬션을 걸게."

"그럼 난……."

"엄마가 주신 할머니 보석 어때?"

"흐음, 좋아!"

'이 겁없는 누님들이 도대체 무슨 짓을 하는 거야?'

막상 당사자인 나는 아무 말 안 했는데 나를 1차 경매에 붙이고 있었다.

"민~ 자신있죠?"

"네?"

"민아~ 내기 들었지? 잘 부탁해."

찡긋.

이건 판이 어디로 도는지 알 수가 없었다.

나를 믿겠다는 표정으로 조용히 나를 바라보는 제시카.

그리고 깊은 윙크를 날리는 아만다.

'후후……'

아직은 나에 관해서는 제시카가 아만다보다 한 수 위였다.

"요리 식습니다. 최선을 다한 작품이니 맛있게 드세요."

"잘 먹을게요."

입가에 상큼한 미소를 지으며 의자에 풍만한 엉덩이를 올리는 제시카.

"맛있겠다!!!"

초롱초롱 반짝반짝 눈빛을 빛내며 포크를 드는 아만다.

'참 다르네, 두 사람.'

세아 누나와 세라를 마주하고 있는 듯한 착각이 들었다.

인종은 달라도 사람 사는 건 다 거기서 거기인 듯했다.

후루룹.

"지, 진짜 맛있어!"

한입 가득 파스타를 말아 넣은 아만다.

두 눈을 동그랗게 뜨고 엄지손가락을 팍 세우며 감탄을 했다.

"민, 오늘 저녁에 시간 되죠?"

"물론입니다."

'사장님 뜻대로 하세요~'

미국에서의 모든 스케줄은 당분간 제시카의 손에 맡겨야 했다.

"참, 자이언츠에서는 내일 아침 검사를 하자고 해요. 바로 결과 나오면 본 계약을 체결하고 곧 팀을 배정받을 것 같아요."

"그 말은……"

"오라이언 사빈 단장의 뜻에 따라 메이저리그에 직행할 수도 있고, 마이너리그로 갈 수도 있어요."

약간 미안한 표정을 짓는 제시카.

"제시카, 계약서 내용 중에 옵션 부분은 메이저와 마이너리그에 동일하게 적용되지 않습니까?"

"맞아요, 동일해요."

"그럼 전 됐습니다."

"……"

'시간은 금이다.'

시간을 낭비하면 자신들만 손해였다.

어차피 야구로 승부를 보기 위해 미국에 온 내가 아니었다.

처음부터 야구에 승부를 걸었다면 살짝 자존심도 상했을지 모르지만 나는 그 입장이 아니다.

마이너가 되었든 메이저가 되었든 상관없었다.

승수를 채우고 내가 받아야 할 정당한 페이만 보장받으면 된다.

고작 반 년짜리 단기 알바 수준이었다.

"언니, 저녁에 무슨 일? 데이트?"

제시카와 나의 대화를 듣던 아만다가 예민하게 제시카를 응시했다.

처음부터 반응이 예민하다.

"아니, 민에게 미국 야구를 보여줄까 해서."

"야구? 다저스 오늘 경기 있어?"

"응, 류가 오늘 선발 투수라고 하지."

'류연진!!!'

한창 한국을 빛내고 있는 대표 투수 류연진.

미국에서 상당한 인기를 끌고 있는 대한민국 대표 투수다.

"나도 갈 거야!"

대놓고 제시카를 경계하고 나서는 아만다.

내 눈에는 야구가 목적이 아니었다.

"걱정 마. 그럴 줄 알고 자리 잡아뒀어."

"호호, 빈틈없는 제시카다워~ 고마워~ 언니."

'야구라… 메이저리그 야구…….'

쿵쿵.

담담할 거라고 생각했는데 생각 같지 않았다.

직접 야구장에 간다는 소리에 심장이 먼저 쿵쿵 뛰었다.

아주 짧은 시간이지만 결국 내가 먹고살아야 할 야구판.

그 현장에 서서 한껏 기운을 받는 것도 나쁘지 않을 것이
다.

"민, 정말 맛있어요. 이렇게 맛있는 감자 수프는 처음이
에요."

아만다와 이미 말을 놓고 얘기하는 것을 알면서도 끝까
지 말을 놓지 않는 제시카.

은 스푼을 조용조용 움직이며 수프를 떠먹으며 감동의
표정을 지었다.

"대표님, 앞으로 잘 부탁한다는 뇌물입니다."

"호호, 호칭이 바뀌는군요. 좋아요, 이런 뇌물은 언제든
사양하지 않겠어요~"

"민, 그 뇌물 나도 줘! 아빠한테 말해서 열광적으로 밀어

줄게~"

'이거, 뭔가 불안한데?'

의외로 아만다가 적극적으로 나왔다.

만난 지 얼마나 됐다고 번갯불에 콩을 구워 먹을 생각을 하고 있었다.

뭘 믿고 이렇게까지 적극적으로 들이대는 것인지.

'참나……'

분명했다.

화끈.

아닌 게 아니라 아만다가 나를 바라보는 눈빛이 예사롭지 않았다.

욕실에서 보았던 나의 전라를 지금도 보고 있는 듯한 아만다의 눈빛.

내 알몸을 보고 반한 것이 분명했다.

나의 순결을 허락도 없이 훔쳐봐 버린 아만다.

설악산에서 양 도사도 감탄했던 나의 실한 연장(?).

아만다도 그것을 알아본 게 확실했다.

나를 향해 자꾸 하트를 날려대는 아만다의 표정에서 수없이 많은 생각들이 꼬리를 물고 몰려왔다.

'아만다… 나 쉬운 남자 아니야! 그깟 순결로 날 날로 먹을 생각 마셔!'

은근 아만다의 시선을 외면하며 속으로 주문을 외웠다.

생글생글.

하지만 나의 경고성 주문 따위는 먹히지도 않는 듯 더 입술을 길게 쪼개는 아만다.

끊임없이 나를 행해 호감의 로프를 던졌다.

스으읏.

하얗고 가는 손가락으로 매끈하게 드러난 팔뚝을 살살 만지며 유혹의 메시지를 날리고 있었다.

두 눈에는 살살 녹을 듯한 마음을 담아서.

제8장
비버리힐스의 테러

"부장님, 조국 티브이 어떻게 됐습니까? 샌프란시스코
자이언츠 단독 중계권 계약 결정했대요?"

"힘들 것 같아, NBC에서 뭔가 낌새를 채고 안 넘겨준다
고 했대. 뭐, 샌프란시스코 선수들 초상권 정도 쓸 수 있을
정도 선에서 합의된 것 같아."

메이저리그 대한민국 중계방송권과 사용권을 모두 획득
한 NBC.

그들의 허락 없이는 사진 한 장 마음대로 방송에 내보내
거나 지면에 실을 수 없었다.

"…정말 아쉽네요."

"어쩌겠어. 아쉽지만 우리는 기사로 승부해야지."

"그래야죠. 기자한테는 특종이야말로 곧 생명 아니겠어요."

"물론이지! 정 과장 아니면 누가 해내겠어. 과장 대우도 달았으니 한 건 잘해봐. 나보다 빨리 이사진이 될 수도 있을 거야."

"호호, 제가 이사진 되면 부장님 팍팍 밀어드릴게요~"

"농담이라도 고마워. 이번 기회를 잘 살려. 지금껏 잘해 왔으니 특종 따따블은 찜 쪄 먹어줘야지."

"고맙습니다~ 다 부장님 덕분이에요."

조국일보 편집부장실.

조직폭력배들의 난투극을 현장에서 정확하게 빠르게 전하면서 정아람은 특종을 터뜨렸다.

생생한 현장 소식은 전 국민들 사이에 이슈를 불러일으키는 인상을 남겼다.

그 공을 인정받아 대리에서 곧바로 과장 대우를 달았다.

"그래도 좋겠다~ 정 과장. 부럽다. 미국 거주 해외 특파원 자리는 아무나 갈 수 있는 데가 아닌데~"

"실력으로 보답해 드리겠습니다."

"반드시 그래라. 네가 이사진 되면 나도 뭐 없겠냐."

"그럼요~ 서로 상부상조해야죠."

"오늘 들어가지?"

"네, 바로 시작해야죠."

"그런데 진짜 강민이 샌프란시스코에서 활약하는 거 맞아? 저번 동영상 사건 말고는 이렇다 할 소문이 없는데……"

"아시잖아요. 민이와 제가 특별한 사이라는 거."

"흐흐, 잘 알지. 정 과장 좋다고 쫓아다니는 놈들이 한둘이 아니잖아."

조국일보 사원들 중 최고 미녀 등급에 당당히 이름을 올린 정아람.

특종을 쏟아내는 능력있는 미녀는 동료 남성들 사이에서도 우상 그 자체였다.

"부장님, 제가 기사 송부하면 지면은 확실하게 할당해 주셔야 돼요."

"특종만 날려봐. 전면에 실어줄 테니까."

"감사합니다~"

"어서 가봐. 활동비도 넉넉하게 할당됐으니까 휴가 좀 즐기고."

"고마워요~ 사랑합니다, 부장님~"

"고마우면 알지?"

오직 특종에 목말라 있는 조국일보 편집부장.

그도 그럴 것이 요즘은 지면 발행 신문보다 각 포털에 연관된 광고 수익이 신문사에 더 도움이 되었다.

특종이라도 날리면 트래픽이 증가하고 그만큼 다 돈이 되었다.

'민아~ 땡큐~ 알라뷰~'

꿈에도 그리던 해외 특파원.

대부분 신문사들은 재정난을 이유로 현지 특파원을 대충 구해서 사용하는 실정이었다.

갈수록 악화되는 신문사들의 경영난.

그만큼 기자들에게 돌아오는 것도 팍팍한 현실이었다.

그럼에도 불구하고 정아람은 예외의 대우를 받았다.

특종 몇 개 덕분에 역시 조국 일보라는 칭찬을 사방에서 듣고 지내고 있었다.

그 뒤에 따라오는 혜택 또한 어마어마했다.

조국 일보 역사상 최연소 과장 대우에 오른 정아람.

미모의 미혼 여기자라는 타이틀 뒤에 실력과 미모까지 겸비한 조국 일보의 보물이 된 것이다.

사내 전체에서 데이트 신청이 빗발칠 지경이었다.

"그럼, 다들 수고해요~ 보고 싶을 거예요~"

"과장님, 잘 다녀오세요~"

"저희 좀 불러주세요!"

편집실 직원들 모두가 자리에서 일어나 정아람을 배웅했다.

편집부장 말대로 특종 몇 개면 이사진에 이름을 올릴 만한 실력파 기자였다.

눈에 미리 들어놓아도 나쁠 것 없었다.

'민아! 이 누나가 간다~! 외로운 타향에서~ 우리 서로 의지하며 잘 지내보자~ 호호호 호호.'

하늘은 아직 정아람에게서 기회를 거둬가지 않았다.

요즘 세상은 그야말로 연상연하 커플이 대세인 세상.

그깟 열 살 나이 차이쯤 숫자에 불과했다.

재력만 갖춰져 있으면 전신 성형도 불가능하지 않은 시대.

10년 정도 어려 보이는 건 일도 아니었다.

또각 또각 또각.

발걸음도 힘차게 편집실을 벗어나는 정아람.

그녀 입가에 지금까지 볼 수 없었던 자신만만한 미소가 피어났다.

지금 자신에게 주어진 해외 특파원이라는 자리가 다시 한 번 인생에 불꽃같은 찬란한 순간을 선물해 줄 거라고 확신하고 있었다.

그 불꽃을 더욱 환하게 비춰줄 강민을 만날 수 있다는 생각에 발걸음은 더없이 설레었다.

'헐? 저건 또 뭐야.'

과연 옷을 입은 것인지 벗은 것인지 분간하기 힘든 차림.

양 도사 영향 덕에 약간은 보수적인 사고가 머리에 박혀 있는 나는 아직 스무 살이다.

급변하는 세상과 조화를 이루며 살아가야 하기에 웬만한 일에는 눈 하나 깜짝하지 않았다.

그러나 이곳은 아메리카.

아무리 속옷이나 다름없는 옷차림을 하고도 란제리 패션이라고 한다지만 이해 불가능한 풍경들이 많이 눈에 띄었다.

수영복을 입고 나왔는지 거리를 휩쓰는 패션에 눈이 휘둥그레졌다.

상체야 넝마를 걸쳐도 가길 것 가렸으니 그렇다 칠 수 있었다.

그러나 팬티가 반 이상 보임에도 괴상한 똥꼬 바지를 입고 거리를 걷는 이들 천지.

하나같이 귀에는 이어폰을 끼고 어깨를 들썩이며 어슬렁거리듯 걷은 이들의 모습은 한국과 또 달랐다.

점심을 먹고 난 뒤 제시카가 LA를 구경시켜 주겠다고 아만다와 함께 나를 끌고 나왔다.

앞으로는 전문 코디가 붙겠지만 스타일에 신경을 써야 한다나.

물론 지금 스타일도 나쁘지 않지만 옷과 액세서리가 중요하다고 했다.

가뜩이나 스타들의 옷차림은 언론의 가십거리가 된다는 것.

현재 유행하는 아메리카 스타일을 눈으로 한 번 보라는 의미였다.

나를 이끌고 온 곳은 비버리힐스.

그중에서도 황금 삼각지대로 불린다는 로데오가.

오늘의 행선지였다.

첫 인상은 아주 제대로 찬란했다.

대한민국 수도 강남은 감히 명함도 내밀지 못할 정도다.

높은 빌딩과 화려한 네온사인 간판 따위는 없었다.

맑은 하늘 아래 2, 3층의 유백색 고풍스러운 건물들과 야자수.

'이게 바로 명품 도시지. 시멘트 덩어리 건축물이 뭐가 좋다고~'

오고 가는 차도 드물었다.

그렇게 번화하지 않은 로데오가 안쪽 거리.

한산하고 여유가 넘쳤다.

평일 오후에 그리 바쁠 것 없는 LA 명품 거리.

눈앞을 어지럽게 오가던 청춘들이 사라지자 관광객들과 럭셔리한 일반 시민들이 눈에 들어왔다.

"일단 무난하게 버버리에서 시작하죠."

"버버리? 난 저스틴 비버처럼 귀여운 스타일이 좋은데~"

"아만다, 민은 가수나 영화배우가 아냐. 스포츠 스타들 옷차림 못 봤어? 깔끔하게 입고 다녀야 광고주들이 좋아한단 말이야."

"피이~ 알았어. 언니 회사 소속이니 마음대로 해~"

'그래 모두 다 비즈니스라 이거지.'

확실히 제시카는 사업가였다.

옷 하나 고르는 데 있어서도 미래 가치까지 계산했다.

"아만다 로엘 아냐?"

"어머~ 맞아, 아만다 로엘!"

'하하, 미국도 반응이 다르지 않네?'

좌 아만다 우 제시카 두 미녀를 두고 걷던 나.

골프 유망주라더니 아만다를 알아보는 사람들이 있었다.

미국에서도 이런 풍경이 연출되는 게 놀라웠다.

사람들의 시선이 나에게 쏠린 것은 아니었지만 말이다.

"흥~"

하지만 아만다는 쏟아지는 관심에 별 반응 없이 도도한 표정을 유지했다.

선글라스 너머의 눈동자는 승리자의 눈빛으로 빛났다.

"패, 패리스다! 패리스가 저기 있다!"

"와아아아!"

우르르르.

"……!!"

'역시, 대중이란…….'

아만다에게 쏟아졌던 관심도 잠깐.

제법 유명한 여성 앞으로 일제히 몰렸다.

자신에게 관심을 보이던 사람들이 순식간에 옆으로 새자 멍해진 아만다.

"어, 언니, 어서 가자."

"호호호! 그래, 귀여운 내 동생~"

서둘러 버버리 매장 쪽으로 걸음을 옮기는 아만다 로엘.

'쪽팔리지? 쯧쯧.'

또 다른 형태의 계급 사회의 한 면을 엿본 기분이었다.

나보다 잘난 누군가 앞에서 무릎을 꿇은 엄연한 계급이 존재하는 현상.

파바바밧.

약 100미터 정도 떨어진 곳에서 보디가드와 사람들에 둘러싸인 이슈메이커 패리스 리튼.

'웁스~ 소문날 만하네.'

거리에 상관없이 선명하게 눈에 들어오는 그녀의 빼어난 자태는 칭찬받을 만했다.

말이 필요없는 미모.

"뭐해! 민, 어서 가자니까!"

시선을 고정한 채 잠깐 한눈을 팔았다.

아만다는 그 꼴을 못 보고 뾰족한 목소리로 나를 재촉했다.

'쯔쯔, 예린이 따라오려면 한참 멀었네.'

외모는 봐줄 만하고 성격도 활발했지만 미성숙 상태에 머물러 있는 아만다.

스타성도 많이 부족하고 좀 더 성숙해져야 할 것 같았다.

아만다 정도의 미모를 갖춘 여성들이 이 거리에만 해도 무수히 많았다.

대중들의 보편적 관심은 개성이 넘치고 매력적인 스타를 더 원하는 것 같았다.

"정말 이거 나 사주는 거야?"

오렌지색 바탕에 깔끔한 어깨선이 인상적인 에르메스사

의 가방.

무려 2,000달러짜리 가방을 받아들고 기쁨의 눈물을 흘리려는 은다혜.

"그럼~ 상금 받은 거 한턱 쏘는 거야."

"그 돈 네가 써도 돼?"

"물론이지. 정당하게 내가 번 거잖아. 그 누구도 가져가지 못해."

"아빠가 허락하셨어?"

"다혜야, 여기 미국이고 난 법적 성인이야."

"아! 멋지다! 우리 아빠는 얼마 전에 받은 쥐꼬리만 한 상금도 시집갈 밑천으로 사용하신다고 가져가셨는데… 히잉!"

다혜는 특유의 코맹맹이 소리를 내며 부럽다는 듯 단비를 바라보았다.

싱긋.

그런 다혜를 향해 순백의 미소를 짓는 손단비.

비버리힐스의 동쪽을 남북으로 가로지르는 라 시에네가 거리.

고급 레스토랑에서 해산물 요리를 시켜 점심을 하고 나왔다.

그리고 명품 샵이 즐비한 로데오 거리에 쇼핑을 하러

왔다.

얼굴에서 웃음이 떠나지 않는 은다혜.

한국과 다른 미국 여성들의 현란한 옷차림에 눈이 휘둥그레질 지경이었다.

강남도 화려함 도시로는 빠지지 않았지만, 비버리힐스만큼은 아니었다.

여기저기 잡다하게 상점들이 제멋대로 늘어서 있지 않았다.

대부분이 아이보리색이거나 새하얀 벽의 고품격 건물들 사이로 보기 좋게 늘어선 명품 브랜드샵들.

쇼핑을 즐기는 여성들에게는 천국 그 자체였다.

파바바밧.

"사인해 주세요~!"

"리튼! 사랑해요!"

"어머, 저 여자 패리스 리튼 아니야?"

단비와 함께 쇼핑을 하고 있는 곳으로부터 가까운 거리에 일단의 경호원들을 대동하고 건널목을 가로지르는 패리스 리튼.

그 모습이 꽤 도도했지만 멋있었다.

그녀의 사인을 받거나 사진을 찍기 위해 수십 명의 사람이 함께 몰렸다.

"여기 진짜 비버리힐스가 맞구나. 저런 유명 연예인을 직접 보다니⋯⋯."

아직도 믿기지 않아 부러운 표정이 가득한 은다혜.

그제야 가십거리에 심심찮게 등장하는 패리스 리튼을 직접 보고 미국에 와 있음을 실감하고 있었다.

"어!"

멍하니 사람들이 몰리는 것을 바라보던 은다혜.

갑자기 짧은 외마디를 토했다.

"왜? 무슨 일 있어?"

이제 나온 디자인의 가방을 고르다 놀라 단비가 다혜를 바라봤다.

"아, 아니야, 단비야. 너 가방도 봐줄게."

"그래⋯⋯."

갑자기 당황한 듯한 다혜의 모습이 단비는 이상해 보였다.

"와아! 이거 예쁘다! 단비야, 너에게 이게 딱이야."

앞에 놓인 가방들 중 하나를 들고 호들갑을 떠는 은다혜.

하지만 얼굴은 새하얗게 질려 있었다.

"괜찮아? 어디 아파?"

갑자기 안색이 변한 다혜가 걱정스러워진 단비가 물었다.

"다, 단비야……."

단비의 걱정스러운 표정을 보고 말까지 더듬는 은다혜.

"왜, 갑자기 왜 그래. 무슨 일이야? 점심 먹은 게 이상한 거야?"

단비는 곧 울음을 터뜨릴 기세였다.

쉽게 입을 떼지 못한 채 단비의 눈을 바라보는 다혜.

'강민, 이 새끼! 이제는 하나도 아니도 둘씩이나 끼고 다녀!'

벌건 대낮에 쭉쭉 빵빵한 백인 여성을 양쪽에 끼고 있던 남자.

멀리서 봤지만 분명 강민이 맞았다.

'비 오는 날 춤추다 날벼락 맞아 죽을 놈 같으니라고!'

다혜는 만감이 교차했다.

자신의 표정 하나 변한 것에도 이렇게 걱정스러운 눈빛을 보이는 단비다.

단비의 맑은 눈동자를 보고 있자니 부글부글 분노가 더욱 거세게 끓어올랐다.

패리스 리튼 무리 너머에 있는 맞은편 매장으로 강민이 들어갔다.

두 금발의 미녀와 함께.

인천공항에서 봤던 모습을 똑똑하게 기억하고 있었다.

같은 옷차림에 언제나 트레이드마크처럼 짓고 다니는 당당한 미소가 여전했다.

'절대 용서하지 않을 거야!'

사랑의 배신자는 가차없이 응징해야 한다는 게 평소 다혜의 지론이었다.

그가 나타나기를 한결같은 마음으로 기다려 온 손단비.

그녀의 기다림의 시간들을 다혜는 너무 잘 알고 있었다.

그런 단비에게 미국까지 와 있으면서 전화 한 통 하지 않았다.

무정한 놈이다.

도저히 용서가 안 됐다.

여전히 단비에게 사실을 말할 용기는 없었다.

굳이 본인이 말하지 않아도 언젠가는 알게 될 사실.

이제 와서 차마 자신의 입으로 밝힐 수 없었다.

겉으로 보기에는 강해 보이고 냉정해 보이지만 여리디여린 마음을 가진 단비였다.

'단비야……'

소리없이 단비의 이름을 불러보는 다혜.

"병원으로 갈까?"

"아, 아니야. 이제 괜찮아졌어."

"그래? 정말 다행이야."

다혜의 괜찮다는 말에 당장 얼굴에 생글거리는 미소가
번졌다.

'휴우…….'

다혜는 속으로 긴 한숨을 내쉬었다.

동성인 다혜가 봐도 마음이 참 예쁜 친구였다.

시대에 어울리지 않게 일편단심 민들레처럼 강민만 바라
보는 단비가 이해하기 힘든 순간도 있었다.

하지만 사람은 저마다 다른 생각을 가지고 사는 만큼 존
중했다.

그런 단비를 두고 강민이 돌아섰다니 믿을 수 없었다.

그러나 두 눈으로 분명히 확인했다.

바람을 피운 게 확실한 강민.

'…기다려. 너 내가 묻어버릴 거야!'

다혜의 두 주먹에 힘이 들어갔다.

단비에게 강민이 주게 될 상처를 생각하면 당장 달려가
한 방 먹이고 싶은 심정이었다.

하지만 지금은 단비를 위해 참았다.

다만 복수를 다짐할 뿐이었다.

"정말 멋져! 완벽해!"

'살다 살다 이런 걸 다 입다니.'

미국에 왔으면 미국 물에서 놀아야 하는 법.

이제는 꽃남방이다.

버버리 매장에서 제시카와 아만다가 휘두르는 카드의 마법을 즐겼다.

나풀나풀한 남방 하나에 백 단위가 거뜬히 넘어갔다.

최고급 신상 제품이 아니면 시선도 주지 않는 제시카.

곧 코디를 붙여주고 맞춤옷을 제작해 준다고 했다.

그때가지는 불편하더라도 참으라고 위로까지 더했다.

버버리는 분명 명품이었다.

하지만 좀 산다는 제시카에게는 그저 그런 상표쯤으로 취급되는 듯했다.

이탈리아 장인의 손길이 닿지 않은 제품은 명품 취급도 않는 듯한 말투.

그렇게 시작한 쇼핑의 최고 종결은 여태 한 번도 입어보지 못했던 패션.

역시 상상도 안 해본 나의 스타일.

연한 노랑 바탕에 적당한 문양의 연두색 꽃들이 수놓아져 있는 플로랄 남방.

쫙 달라붙는 블랙진.

그 위에 질감이 살아 숨 쉬는 진갈색 투 버튼 마이.

물론 가죽 손목시계도 하나 착용했다.

오른쪽 손목에는 묵주 비슷한 연노란 진주 팔찌를 걸었다.

구두는 갈색 에너멜 구두.

전체적으로 타이트했다.

살짝 조이는 듯한 느낌이 들었지만 두 여인은 만족스러운 듯 흡족한 시선으로 바라보았다.

"민, 나 어때?"

사락.

갑자기 한쪽 팔에 매달리는 아만다.

다짜고짜 어떠냐고 물었다.

뭉클.

'큼큼.'

이건 죽은 송장이 아니고서는 절대적으로 느낄 수밖에 없는 생생한 느낌.

야릇하게 전달되는 뭉클한 아만다의 그것.

"뭐가?"

의연하게 시치미를 떼며 모른 척했다.

"나 요즘 혼자야."

'참 말 심플하네.'

적극적이다 못해 전투적으로까지 다가오는 아만다의 성격.

물론 제시카를 통해 1차 다 경험을 했지만 아무래도 가족력인 것으로 보였다.

　제시카에 질세라 아만다도 한몫했다.

　"그래? 나도 혼자인데~"

　"그럼 만날까?"

　"아만다!"

　팔에 매달린 채 초롱초롱 두 눈을 빛내던 아만다를 제시카가 말리고 나섰다.

　"지금 만나고 있잖아."

　"이런 만남을 얘기하는 거 아니잖아. 사귀자."

　'와우……'

　진짜 화끈하다.

　미국식이란 게 어떤 건지 피부에 확확 전달되었다.

　더 이상 애도 아니고 사귀자는 말이 무슨 의미인지는 나도 안다.

　쿵쿵.

　주책 맞게 심장이 저 혼자 좋다고 널을 뛰기 시작했다.

　"아만다, 그건 반칙이야."

　"사랑도 사업처럼 쟁취해야 한다고 언니가 그랬잖아."

　"그래도……."

　"평소 언니 지론이기도 했고. 난 실천하는 거야."

한국에서나 미국에서나 나의 인기는 식을 줄을 모르고
있었다.

세아 누나와 세라를 데리고 온 듯한 착각까지 들었다.

'왜 자매들이야.'

나이도 많지 않았지만 주변 여성들 모두 나에게 호감을
갖는 것은 어쩔 수 없는 현실.

나로서도 겸허히 받아들여야 할 운명임을 실감하지 않을
수 없었다.

때론 착하고 까칠하게.

또 독하고 연약하게.

미국에 와서는 도도하게 천의 얼굴을 가진 여성들이 들
끓고 있었다.

각각 인물들마다 전혀 다른 매력을 발산하는 여성들.

눈앞에서 티격태격하는 로엘 자매도 다르지 않았다.

은밀하게 계획을 짜고 작업해 들어오는 제시카.

그런 그녀와 달리 젊은 만큼 열정적인 생기발랄함을 무
기로 직접 들이대는 아만다.

'도대체, 아만다. 뭘 믿고 이렇게 대놓고 대시를 하는 거
야…….'

차츰차츰 시간을 더할수록 아만다의 적극성은 극성스러
워졌다.

만 하루도 채우지 않은 만남.

고작 몇 시간 같이 있었을 뿐인데 이해 못할 만큼 적극적으로 다가왔다.

나를 원나잇 상대로 보는 것 같지는 않았다.

아만다의 상태는 거의 폭식을 작심한 여성처럼 나를 탐하고 있었다.

"아만다."

나는 낮고 조용하며 부드러운 목소리로 아만다의 이름을 불렀다.

"왜~ 민~?"

그러자 한 송이 꽃처럼 활짝 웃음을 피우는 아만다.

"나 이제 메이저리그에 발 들이는 햇병아리인 거 알지?"

"알지~ 오늘 들었잖아."

"돈 없다."

"괜찮아, 내가 많으니까. 민은 걱정하지 않아도 돼."

'뭐야, 이건?'

순간 스친 개구리 왕자가 된 듯한 기분은 뭘까.

아무것도 없는 나에게 청혼이라도 하겠다는 기세다.

도대체 종잡을 수 없는 아만다의 통통 튀는 마음.

이건 인터넷에나 떠돌던 미국 여자 연예인들의 당일치기 결혼식을 떠올리게 했다.

"아만다, 나 바쁘다. 연애할 시간 같은 거 없어."

"…민, 혹시……."

방방 뛰던 기운의 아만다가 심각한 표정을 지었다.

"응?"

'저 표정은 뭐야?'

"너, 동성 좋아하는 거?"

"컥!"

갑자기 뒤통수를 망치로 한 대 얻어맞은 기분.

게이라는 낱말이 귀에 박히는 순간 머리가 삥 돌며 두통이 왔다.

나의 깨끗한 몸을 홀랑 훔쳐본 것도 모자라 나를 게이로 만들어놓고 있었다.

"절대 아니야!"

나는 손사래까지 치며 강하게 부정했다.

어떻게 감히 나 같은 상남자를 두고 그런 말을 뱉을 수 있는지 끔찍했다.

내 취향은 남자가 아니다.

"그런데 나한테 관심이 왜 없어……?"

누구에게 거절을 당해본 적이 없는 듯한 아만다.

생각도 해보지 않고 거절하는 나를 이해 못하는 것 같았다.

하긴 아만다 정도 되는 미모의 여성이 대시해 오는 것을
마다할 남성은 없을 것이다.

일단 거절당한 것을 받아들이기 힘든 듯했다.

"아만다, 그만하는 게 좋겠다. 민은 우리 회사의 중요한
고객이야. 당분간은 메이저리그에 적응해야 해서 시간이
나지 않는 게 사실이야."

보다 못한 제시카가 끼어들었다.

"…알았어."

제시카의 말이 보태지고 나니 나의 말에 수긍이 가는지
고개를 끄덕였다.

하지만 처음과 달리 기가 죽은 듯한 아만다.

'변화무쌍하군. 넘어가면 안 돼.'

순간순간 변하는 아만다의 살아 있는 표정.

촉촉하게 푸른 눈동자에 슬픔 같은 게 깃드는가 싶더니
쏙 빨려 들어갈 듯한 표정으로 바뀌었다.

바람에 흔들리는 갈대처럼 나의 영혼마저 흔들리는 것
같았다.

휙휙.

나는 순간 정신을 차리고 확 붙들어 맸다.

육체의 순결도 쏙 빼갔는데 내 영혼도 쉽게 도둑질해 갈
수 있었다.

이 정도에 도둑맞기에는 나의 영혼이 품은 보물들이 너무 많았다.

아직 열어보지도 못한 나의 인생.

부우웅.

'어라? 저건……'

제시카와 아만다.

주거니 받거니 하며 주차장으로 걸음을 옮길 때였다.

30미터 정도 앞에 스쳐 지나가는 은색 리무진이 눈에 들어왔다.

분명 공항을 벗어날 때 스쳤던 그 리무진이었다.

비버리에서 리무진을 몇 대 보긴 했지만 은색 광채를 자랑하는 리무진은 보지 못했다.

똑똑히 기억하고 있는 은색 리무진.

슥!

'엥?'

그때 갑자기 뒤쪽 창문이 내려가더니 중지를 세운 손이 나를 향해 요상한 짓을 하고 사라졌다.

'나?'

처음엔 어리둥절해 눈만 동그랗게 뜨고 당했다.

손가락에 꽂혀 사람 얼굴은 확인하지 못했다.

게다가 짙게 선팅이 돼 있어 제아무리 눈을 크게 떠도 확인할 수 없는 리무진 내부.

그저 나는 누군가의 가운뎃손가락 빅엿을 먹었을 뿐이다.

'이씨! 걸리기만 해봐!'

차차 기분이 더 나빠지기 시작했다.

정확하게 공항에서 봤던 리무진이 맞았다.

제대로 기억 속에 담았다.

다시 만날 확률은 희박했지만 꼭 기억해 둘 것이다.

주인이 누구인지 모르지만 나도 꼭 가운뎃손가락을 세우리라.

"민, 이제 야구장으로 가요."

내가 은색 리무진으로부터 테러를 당한 것은 꿈에도 모를 제시카.

맑게 웃으며 다음 코스를 안내했다.

"언니, 그 자리지?"

"웅~ 그렇지. 시즌권 자리야."

제시카의 말에서 시즌 VIP석 냄새가 강하게 났다.

그야말로 부자들이 애용한다는 자리.

아마 그룹에서 사용하는 자리일 것이다.

"다저스 핫도그를 오늘은 세 개 정도 먹을 거야~"

아만다는 지난 일들은 금방 잊어버리는 듯 또 다른 승부

욕에 불을 태웠다.

'나도 먹어봐야지.'

드디어 다저스 명물 핫도그를 맛볼 기회를 왔다.

언제 기죽었냐는 듯 음식에 승부욕을 불태우는 아만다.

'드디어 다저스 명물 핫도그를 먹어보는군.'

다저스 스타디움의 명물 중 하나인 핫도그.

나도 한국을 떠나기 얼마 전 알게 된 메이저리그에서 알아주는 구장 음식이다.

"상대팀이 어딥니까?"

"샌프란시스코 자이언츠예요."

"아!"

'이거 어딜 응원해야 하는 거야.'

오늘 다저스 선발 투수가 한국의 류 선수다.

하지만 상대팀이야말로 나의 친정이 되는 자이언츠.

'언젠가 나도 류 형님과 싸우게 되겠지…….'

내셔널리그 서부 지구에 속해 있는 라이벌 팀.

"민, 누굴 응원할 거야? 난 양키스팀이니까 어느 팀을 응원하든 상관없어."

흥미로운 시선으로 아만다가 나의 의사를 물었다.

다저스 선발 투수 류가 한국 선수이고 나의 소속은 자이언츠인 것을 알고 던지는 질문이었다.

"당연히⋯⋯."

씨익.

대답 대신 나는 아만다를 향해 내 특유의 미소를 지어 보였다.

'적은 적, 이제부터 난 자이언츠 맨이다!'

고민할 것도 없었다.

조직에 귀속된 사람은 그 바닥을 떠나기 전까지 해당 조직에 충성을 다해야 한다.

설악산을 벗어나기 전까지 사기꾼 양 도사에게 확실히 헌신했던 나.

그 정신 하나는 제대로 전수받아 나온 나였다.

제9장
벼락 맞아 뒈질 녀석

"와아아아아아아아아!"

"다저스 놈들을 박살 내버려!"

"다저스 파이팅!!!"

'오!! 감동 만 배다!'

간접적으로 취득한 지식과 직접 경험함으로 얻은 지식의 차이가 어떻게 다른지 명확하게 깨닫게 된 이 순간.

엄청났다.

야구장은 태어나서 고등학교 출전 때 보았던 그저 그런 야구장이 전부였다.

지금 눈앞에 펼쳐진 거대한 성벽 같은 5층의 다저스 스타디움.

대형 전광판과 최근에 보수했다는 깔끔한 의자와 각종 편의 시설들.

만석이었다.

내셔널리그 서부 지구 소속인 샌프란시스코 자이언츠와 경기를 벌이자 다저스 팬들이 구름처럼 밀려왔다.

야구 복장에 짧은 스커트를 입은 플레이걸들이 야구공이나 모자를 나눠주면 분위기를 끌어올렸다.

선수들은 그라운드에서 타격 연습을 하거나 연습 공을 던졌다.

그리고 많은 진행 요원들은 바닥을 정리했다.

각 팀 덕아웃 위에서는 관중들에게 사인으로 팬서비스를 하는 선수들도 보였다.

그물망 같은 것은 보이지 않았다.

그라운드와의 거리도 짧아 야구장의 모든 걸 생생하게 보고 즐길 수 있는 메이저리그 야구장이었다.

진짜 멋있었다.

"류다!"

"류연진이다!!!"

감동의 도가니에 빠져 허우적거리고 있을 때 사방에서

귀에 익은 고국의 언어가 들려왔다.

그러고 보니 주변 관중들 대부분이 놀랍게도 한국인들이 대부분.

눈에 띄는 관중의 5분의 1정도가 한국 사람들이었다.

일본이나 중국인들이 류를 보기 위해 비싼 돈을 들였을 리 만무하다.

정신없이 들려오는 영어의 물결 속에 선명하게 귀에 박혀 드는 한국어.

이곳이 한인 밀집 지역인 LA라는 게 실감났다.

'진짜 똑똑한 사업가들이야. 연봉 수십 배는 뽑겠네.'

장기간 계약을 통해 5천만 달러를 투자했다는 다저스 구단.

팔린 티켓과 유니폼에 직접 중계 방송료 수입까지 계산한다면 1년만 지나도 뽕을 뽑고도 남을 것 같았다.

'그래, 남자는 이 정도 물에서 놀아야지. 선택 아주 잘하신 겁니다, 류 형님.'

한국에 있었다면 연봉 몇 십억은 받았겠지만 이렇게까지 많은 관심을 받지는 못했을 것이다.

세계적으로 야구팬들의 기억 속에 남게 되는 동양의 투수.

한국에서 베테랑.

그럼에도 메이저리그에서는 루키에 불과했던 류.

단기간에 엄청난 명성을 얻고 있었다.

파바바밧.

야간 경기인만큼 형형색색의 조명과 간판들이 화려하게 불을 밝혔다.

'스케일 좋고.'

대소비국답게 경기 스케일도 진짜 컸다.

경기장이 한눈에 들어오는 더그아웃 필드박스 VIP좌석.

일 년에 만 달러 정도 하는 연간 회원권 십여 개를 소유하고 있다는 로얄그룹.

1루 쪽과 3루 쪽 필드 박스 양쪽 모두를 갖고 있었다.

우리 세 사람은 원정팀 더그아웃인 3루수 쪽 필드 박스 위에 앉았다.

서부 지구 라이벌답게 다저스 팬들도 많았지만 자이언츠 유니폼을 입고 있는 원정팀 응원단도 곳곳에서 눈에 띄었다.

친정팀에 있는 것보다 거친 말들이 오고 가는 게 흥미를 더 돋웠다.

"어때요?"

옆에 앉은 제시카가 소감을 물었다.

"멋있습니다."

솔직하게 답했다.

인터넷을 통해 화면으로만 봤던 다저스 스타디움.

실제 와보니 생동감 넘치고 딱 열 배 정도 더 감동과 열정이 느껴졌다.

일이만도 아니고 5만 명 이상을 수용할 수 있는 거대 구장.

문명과 스포츠가 조합된 거대 사업장이었다.

모두가 다 돈으로 환산되는 공간.

"곧 당신의 세상이 될 테니 걱정 마요. 아마 올 하반기 메이저리그는 진정한 스타의 등장에 팬들이 열광할 거예요."

나를 바라보는 제시카의 눈빛은 확신에 차 있었다.

"최선을 다할 뿐입니다."

나는 그녀 앞에 겸손했다.

주력하고자 한 것은 골프였지만 야구 또한 소홀히 할 수 없었다.

그라운드에 올라와 몸을 푸는 선수들의 모습이 늘기 시작했다.

축구 선수들과는 사뭇 다른 몸 풀기 모습.

각기 맡은 포지션에서 최선을 다하면 되는 경기였다.

지명 타자 제도가 없는 내셔널리그에서는 투수를 포함한 아홉 명의 선수가 공격과 수비를 맡았다.

그들이 펼쳐 내는 짜릿한 승리의 드라마.

생생한 그 맛을 보기 위해 5만 명의 야구팬이 스타디움을 가득 메웠다.

"오늘따라 사람들이 더 많은 거 같아. 핫도그 사다 죽는 줄 알았다니까."

제법 큰 바구니에 핫도그를 열 개 정도 담아온 아만다.

야구 헬멧 모양의 아이스크림도 함께 들어 있었다.

"자리에서 주문해도 되는 걸 뭐하러 거기까지 다녀오니."

"알잖아. 여기서 주문하면 맛없다구. 따끈따끈한 핫도그는 직접 받아서 챙겨와야 해."

"그래, 널 누가 말리겠니."

'경호원들이 따라다니니 누가 건들 리도 없겠네.'

따로 지시를 받은 듯 내 주변으로는 가까이 오지 않았지만 아만다 옆에는 두 명의 보디가드가 항상 동행했다.

일정 거리를 유지한 채 다른 차량으로 이동했지만 절대 시선은 아만다에게서 떠나지 않았다.

제대로 교육을 거친 프로 보디가드처럼 보였다.

물론 부딪혀 보지 않았지만 나와는 상대가 되지 않았다.

그러나 웬만한 성인 남성들의 접근은 시선만으로도 제압이 가능할 만한 포스를 지녔다.

특히 총기 소지가 가능한 미국.

그들 품 안쪽에는 분명 총기가 있을 테니 더더욱 접근이 가능하지 않았다.

뭐, 잘못 건드렸다가는 골에 구멍이 뚫릴 게 뻔하니 알아서 조심하는 수밖에.

"언니는 맥주~ 민이와 나는 시원한 콜라~"

까다롭기로 소문이 자자한 미국의 음주법.

성인이 되어도 만 21세부터나 음주가 가능한 나라였다.

웃기는 것은 법적 성년인 만 18세 이후부터는 포르노에 출연하거나 담배를 펴도 되지만 음주는 강하게 규제했다.

아만다와 나는 아직 미국에서는 술을 마셔서는 안 되는 나이.

바구니에 담겨 있는 콜라와 핫도그를 테이블 위에 올려 놓았다.

마치 한국의 노점 상인처럼 움직였다.

"매운맛 핫도그야. 먹어봐."

많은 핫도그 중 한 개를 꺼내 나에게 먼저 건네는 아만다.

이런 모습은 몇 분 전 거리에서 보였던 모습과는 사뭇 달랐다.

분명 어떤 순간엔 당장 핸드백에서 대마초라도 꺼내서

필 것 같은 분위기를 보였다.

마치 타락한 영혼의 냄새를 풀풀 풍긴다고 해야 할까.

하지만 바구니를 들고 핫도그를 챙기는 아만다는 지금 이제 갓 고등학교를 졸업한 소녀 같았다.

몸은 성숙했지만 정신은 아직 딱 스무 살인 아만다.

"고마워."

'냄새는 그럴 듯한데?'

핫도그는 내가 알고 있던 한국형 사이즈가 아니었다.

빵 사이에 베이컨으로 둘러싸인 소시지.

그 위의 양파와 피망이 매운맛을 더했다.

거기에,

'고추 소스를 사용했군.'

한국인들이 많은 것을 겨냥해 파는 핫도그가 분명했다.

보통 미국인들은 이렇게까지 강하게 매운맛을 즐기지 않는다고 했다.

빰·빠·빠·빰·빠·밤.

그때 스타디움을 가득 채우며 웅장하면서 익숙한 음악 소리가 울려 퍼졌다.

스스슷.

방금 전까지 웃고 떠들던 이들이 거짓말처럼 물결을 이루며 자리에서 일어났다.

그리고.

띠띠디딩 띠디디딩♫

홈플레이트 부근에서 전자 기타를 든 어떤 남자가 미국 국가를 연주하기 시작했다.

성조기여 영원하라.

"그대 이른 새벽에 저 빛을 보라♫ 황혼의 마지막 광휘에 환호하는 우리들의 긍지♫ 위험한 전투 속에서……♩"

대형 전광판에 미국 성조기가 띄워졌고 사람들은 반주에 맞춰 국가를 부르기 시작했다.

'으음…….'

나도 모르게 신음을 흘리고 말았다.

자유분방한 사고방식을 소유하고 각기 다른 민족들이 대거 섞여 있는 스타디움.

5만 명이 운집한 곳에서 울려 퍼지는 미국의 국가 합창.

내 조국의 국가가 아님에도 불구하고 합창이 주는 웅장함에 전율이 온몸을 감쌌다.

조국이라는 이름 아래 한목소리로 담아내는 국가에 대한 애정.

가사에서부터 이들이 강대국으로 군림하고 있는 이유를 조금은 알 것 같았다.

국가의 가사 곳곳에서 강조하고 있는 전투와 자유, 그리고 용맹.

전쟁터와 포탄.

노예와 같은 자극적인 단어가 넘쳐 났다.

신의 보호 아래 자유를 피로써 쟁취한 아메리카답게 개척 정신과 전투 정신으로 무장하고 있었다.

자연을 담은 서정적 가사와 감성을 울리는 대한민국의 애국가와는 색깔 자체가 달랐다.

평화를 노래하고 기상을 보전하자는 대한민국의 애국가.

홍익인간과 박애주의.

선비 정신을 비롯해 모든 가사에서 보이는 자연친화적인 정신에 반해 미국의 국가는 적을 부수고 쟁취하자는 강맹한 힘을 강조하고 있었다.

모든 국가에서 보이는 자국의 국가 이념.

세계적 패권 국가로서 지구촌을 좌지우지하는 미국은 야구장에서조차 그 강력한 원동을 발산하고 있었다.

'이 시대의 로마제국이라더니.'

각 세기마다 세상을 지배했던 국가들이 있었다.

독립전쟁 때부터 시작된 미국의 젊은 힘.

1, 2차 세계대전을 끝내고 미국은 명실상부한 지구촌의 지배자였다.

소련과 중국.

인도와 유럽이 존재하긴 했지만 세계의 4프로 인구로, 40프로의 부를 움켜쥐고 있는 미국을 누가 상대할 수는 없었다.

금융 위기가 세계를 휩쓸고 있지만 그조차도 이들의 계획이라는 말이 돌 정도이니 말한 게 아니겠는가.

'무서운 사람들이네.'

분명 5만 명 군중 속에 정치인과 경제인, 그리고 일반 시민들과 깡패들까지 모두 섞여 있을 텐데 국가가 흘러나오자 이들은 일순간 경건해졌다.

대충 모자를 눌러 쓰고 건들거리던 사람들도 입을 뻥긋거리며 성조기를 향해 영원하라를 외치고 있었다.

'이들은… 아직 젊다.'

유럽과 일본을 비롯해 대한민국조차도 늙어가고 있었다.

그러나 아직 미국은 건재해 보였다.

젊은 피가 느껴졌다.

서부 시대 텍사스 총잡이들처럼 거칠고 파워풀한 기운이 아직 팽팽한 긴장감을 만들어 냈다.

집집마다 총 한 자루씩은 소유하고 있는 아메리카.

연방 헌법에 총기를 통해 개인의 자유를 보호할 수 있는 명문 규정을 둔 특이한 국가였다.

지이이잉.

마지막 반주가 끝났다.

"휘이이이이이!"

"와아아아아아아아아!"

일제히 함성을 지르며 환호하는 스타디움의 관중.

"오늘 샌프란시스코 자이언츠 선수들을 소개합니다."

장내에 아나운서의 음성이 울려 퍼지며 환하게 밝힌 전광판에 나타나기 시작한 선수들의 면면.

"우우우우우!"

상대편 선수들 중에 잘나가는 이들의 모습이 등장하자 야유가 쏟아졌다.

특히 다저스와 악연있는 선수들이 전광판에 보일 때는 더욱 더 강한 야유를 퍼부었다.

"휘이이익!"

짝짝짝짝.

그리고 반대로 홈팀인 다저스 선수들에게는 휘파람과 박수의 환호가 이어졌다.

"오늘의 시구 주인공은 한국에서 온 그녀시대의 맴버 중 한 명인 쥬시카입니다!"

"휘이 휘이익~!"

"쥬시카다!!!"

'엥? 쥬시카가 여기를?'

류가 선발 등판하는 날인 줄은 알았지만 쥬시카가 시구인 것까지는 알지 못했다.

작은 키지만 몸매가 예쁘다고 해서 대한민국에서도 인기 순위 탑을 달리는 그녀시대의 멤버 쥬시카.

LA다저스 모자를 눌러쓰고 성큼성큼 그라운드 위로 올라왔다.

그녀의 등장에 환호하는 한국인 관중들.

"오늘은 다저스가 정한 한국의 날이에요. 다저스 매출의 상당 부분을 한인 타운에 거주하는 한국인들이 선물해 주고 있어요."

제시카가 친절한 설명을 덧붙였다.

"키가 작네. 뭐, 얼굴은 봐줄 만하고."

핫도그를 입에 문 채 쥬시카를 품평하는 아만다.

한국에서 저런 망언을 뱉었다가는 길 가다 머리채가 끌렸을 것이다.

골목길로 끌려 들어가 눈탱이가 밤탱이가 되어 나왔을지도 모른다.

한국 남성들에게 있어서는 거의 여신으로 추앙을 받는 그녀시대.

아만다가 아무리 미인 소리를 들을 만한 외모라 해도 한국에서는 홈쇼핑에 등장하는 외국인 여성 모델 수준밖에 취급을 받지 못했다.

'귀엽네~'

나도 실물로는 처음 보는 쥬시카.

양 도사가 설악산에서 놓치지 않고 보던 프로들이 그녀 시대처럼 어여쁜 여성들이 나오는 음악 프로였다.

텔레비전이나 인터넷을 통해 봤던 것보다 더 귀여운 외모의 쥬시카.

마운드에 서서 손을 몇 번 흔들어 보이고 귀엽게 공을 던졌다.

휘익.

톡 토도독.

던지긴 던졌지만 중간에서 뚝 떨어져 바닥을 구르는 그녀의 공.

"와아아아아아!"

"쥬시카! 쥬시카!"

스타디움에서 튀는 소리로 쥬시카를 연호하는 한국인 팬들.

그 외의 대부분의 관중은 아만다처럼 무덤덤하게 쥬시카를 내려다보고 있었다.

문화적 차이가 소름끼치도록 무서웠다.

터더더덕.

쥬시카가 그라운드를 벗어나자 곧장 다저스 수비수들이 달려 나와 위치를 잡았다.

"베이비 류~!"

"파이팅 류!!!"

몇 달 사이에 인상적인 투구를 펼치며 인지도를 수직 상승시킨 류 선수.

류뚱이라는 애칭까지 얻었다.

그가 마운드에 서자 다저스 팬들이 그의 이름을 연호했다.

"플레이 볼!"

뒤이어 심판의 플레이 볼 선언.

'시작이군.'

우적.

손에 들린 매운맛 핫도그를 입에 한입 물었다.

'맛있네?'

매콤한 게 제대로 맛을 살린 다저스 명물 핫도그였다.

얼얼할 정도는 아니었지만 매콤한 맛이 절묘하게 입맛을 자극했다.

쇄애애앳.

퍼엉!

"스트라이크."

'오~ 멋진 슬라이더네.'

첫 타자에게 빠르고 변화가 심한 슬라이더 스트라이크를 한 방 먹인 류.

"나이스!"

"휘익~!"

주변에서 박수갈채가 이어지며 좋아 환호하는 다저스 팬들.

이 순간만큼은 국적과 인종을 떠나 스포츠를 사랑하는 한마음으로 똘똘 뭉쳤다.

LA 다저스의 선발 투수 류의 힘찬 쾌투 속에 각자의 승리를 쟁취하기를 기원하는 5만 관중의 염원이 낮은 북소리처럼 스타디움에 울리기 시작했다.

딱!

휘이이이잇.

"호, 홈런이다!"

쉬이이이잇.

퍼엉! 퍼버버버벙!

홈에서만 베풀어지는 특별한 홈런 세러모니.

팽팽하던 투수전이 5회 말 다저스의 만루 홈런으로 균형

이 깨졌다.

"와아아아아아아아아아!"

짝짝짝짝짝.

7번 우리베 선수의 초구 타격 만루 홈런.

자리에 앉아 있던 대부분 관중이 일제히 일어나 기립박수를 보냈다.

"단비야! 정말 감동이야!!!"

더러 눈물까지 보이는 관중도 있었다.

그중에 눈물을 뚝뚝 떨어뜨리며 감동에 벅차 하는 은다혜도 끼어 있었다.

다른 곳도 아니고 홈팀 응원석인 1루 쪽 명당자리 최고 상석에 앉아 관중하고 있는 단비와 다혜.

다저스 구단 명물 핫도그와 감자튀김.

그리고 빅 사이즈 콜라를 앞에 놓고 경기에 정신을 쏙 빼놓고 있던 은다혜.

긴장 속에 터진 만루 홈런과 관중들의 열화와 같은 반응에 절로 엉덩이가 들썩였다.

연달아 보았던 강민의 패륜적(?) 행각을 잠시 잊을 수 있었다.

"연진 오빠, 정말 귀여워~!!"

텔레비전에 보던 것보다 덩치가 훨씬 큰 류연진 선수.

우리베 선수가 홈런을 치고 덕아웃으로 다가오자 마주보며 걸어가 하이파이브를 했다.

그 모습을 바라보는 다혜의 눈빛에 사심이 가득했다.

"몸매도 정말 귀엽지 않니? 꼭 곰돌이 푸우 같애~"

메이저리그의 내로라하는 덩치들과 섞여 있어도 체구가 작다는 느낌이 전혀 들지 않았다.

그런 류연진 선수의 움직임 하나하나를 모두 눈에 담았다.

"갈비 맛집에 자주 온대. 아마 오늘 저녁에도 끝나면 올지 몰라?"

"그래? 그럼 우리도 가자!"

"핫도그를 그렇게 먹고 또 먹을 수 있겠어?"

"호호~ 그럼. 핫도그는 간식이잖아."

통통.

손바닥으로 자신의 배를 통통 두들기며 은다혜가 장난스러운 표정을 지었다.

피식.

다혜의 장난기 가득한 행동에 단비의 얼굴에도 즐거운 미소가 번졌다

지난 3년 동안 말없이 자신을 지지해 준 친구였다.

한몸처럼 붙어 지내다 3년 동안이나 떨어져 보냈던 다혜.

이렇게 미국까지 건너와 준 것이 정말 반갑고 고마웠다.

속마음을 털어놓을 수 있는 유일한 친구 다혜.

강민에 대한 그리움을 버틸 수 있었던 이유도 모두 다혜 덕분이었다.

'민이도 함께였으면 좋았을 텐데…….'

미국에 온 이후 본격적으로 성년답게 살아야 했다.

고등학생 때와 달리 성년인 데다 대학생 신분.

부모님에게서 독립을 해도 될 만큼 경제적으로는 부족한 게 없었다.

단박에 엄청난 거금의 상금을 손에 쥐었다.

세금을 떼고도 스무 살 단비가 운용하기에는 벅찬 금액.

아버지도 허락했기 때문에 단비가 얻어낸 수익에 대한 관리는 전적으로 스스로 맡게 했다.

때로는 냉정하지만 뒤에서 언제나 든든하게 지켜봐 주었던 부모님의 그늘.

한 해 한 해 더 철들어 갈수록 두 분의 시선이 온통 자신을 보호하는 데 고정돼 있음을 깨닫고 있었다.

고마운 분들이었다.

그래서 때로는 더 힘겨웠던 순간들.

그 은혜에 보답하기 위해 더욱 노력했다.

그렇다할 친구 한 명도 없는 미국 생활.

체육 특기생 신분에 본격적으로 9월 신학기가 시작되기 전이라 시간은 자유로웠다.

이렇게 시간에 여유가 생길 때면 어김없이 떠오르는 강민.

그의 포근하고 다정한 미소가 그리워졌다.

데이트다운 데이트 한 번 해보지 못했던 강민과의 시간.

오버랜드에서의 짧은 추억이 데이트의 전부라 해도 과언이 아니었다.

같이 드라이버를 휘두르며 연습할 때가 그나마 행복했던 시간들이었다.

나이는 어렸지만 단비는 그게 어떤 감정인 줄은 알았다.

그렇기에 지금까지 기다릴 수 있었다.

친구 다혜가 찾아왔지만 채워지지 않는 마음의 빈 공간이 늘 존재했다.

그 자리는 언제나 강민만을 위해 남겨둔 자리.

까앙!

"……!!"

"악!"

그때 갑자기 타석에 들어선 자이언츠 선수가 힘껏 방망

이를 휘둘렀고 살짝 빗맞았다.

그런데 문제는 너무 힘을 준 탓에 방망이가 뒤로 날아가 버린 것.

구경하던 다혜가 놀라 신음을 터뜨렸고 그 광경을 보던 단비의 시선도 타자가 날린 방망이를 따라 움직였다.

그 순간 중계화면을 가득 채운 한 장면.

타자가 날린 방망이가 3루 쪽 더그아웃 상단 필드 박스 위의 좌석으로 힘차게 날아갔다.

위험한 상황.

휘리릭.

원심력으로 강해진 배트가 허공을 날아가는 모습은 공포스러웠다.

턱!

그때 한 남자가 날아오는 야구 방망이를 정확하게 움켜잡았다.

옆에 있던 놀란 미녀가 남자 품에 얼굴을 묻고 안겼다.

위험한 순간에도 여성을 보호하기 위해 맨손으로 방망이를 잡아챈 남자.

"허억⋯⋯."

1루 쪽에서 3루 쪽까지의 거리가 제법 되어 정확하게 얼굴을 확인할 수는 없었다.

그러나 카메라가 줌인되면서 전광판에 떠오른 남자의 얼굴은 선명하게 그려졌다.

단비의 입에서 비명이 터져 나왔다.

"뭐, 뭐야! 저 새끼 언제 여기까지 온 거야!"

놀라기는 은다혜도 마찬가지.

길에서 마주쳤지만 단비가 상처받을까 봐 애써 외면하고 돌아섰다.

그리고 단비에게는 입을 꾹 다물었다.

그런데 제대로 사고가 터졌다.

양옆에 끼고 있는 미모의 여성은 낮에 보았던 그녀들이었다.

그녀들 사이에 앉아 있던 벼락 맞아 뒈질 녀석이 날아오는 배트를 손으로 잡은 것이다.

그뿐만 아니라 그놈 품에 파고들어 바들바들 떨고 있는 여성의 모습까지 리얼하게 전광판을 장식하고 있었다.

"미, 민……."

옆에 앉아 넋을 놓은 듯한 단비의 입에서 이름 하나가 흘러나왔다.

그랬다.

놀랍게도 전광판을 도배하고 있는 화면의 주인공은 강민이었다.

배트를 잡아챈 용감한 모습을 보인 그는 분명 한국 어딘가에 있어야 할 강민.

　단비의 두 눈에서 맑은 눈물이 볼을 타고 흘러내렸다.

제10장
못 말리는 청춘

"어! 저, 저 녀석 민이 아냐?"

"어머! 맞아요! 민이에요!"

"민이?"

"민이 오빠가?"

아침 이른 시각.

분주하게 움직이며 하루를 시작하는 장씨 패밀리.

하는 일 없이 느긋한 아침을 맞는 장기남은 최근 구입한 70인치 텔레비전 앞에 앉아 있었다.

스포츠 중계를 시청하고 있을 때 화면을 가득 채우는 청년의 얼굴에 장기남의 시선이 고정됐다.

며칠 전 홀연히 찾아와 자신의 무사 귀환을 알렸던 강민.

그리고 중년 남성에게 좋은 엄청난 선물(?)을 안겨주고 돌아간 녀석이다.

놀랍게도 류연진 선수 선발 등판 경기 생방송에 모습을 보였다.

우르르르.

단번에 거실까지 몰려나온 장씨 패밀리 일동.

"대단하군요, 날아오는 배트를 맨손으로. 그것도 정확하게 손잡이를 잡다니……."

"하하, 부러운 분입니다. 아름다운 여성분이 놀라 품에 안겨 있는 모습은 남자라면 모두 꿈꾸는 그런 광경일 겁니다."

"그런데 어디서 많이 본 듯한 얼굴입니다. 그렇지 않나요?"

"그렇군요……. 아! 맞습니다. 그 소년 영웅이군요!"

"네? 소년 영웅요?"

"제 기억에 의하면 정확하게 3년 전 조직폭력배에게 납치되었던 여중생을 구했던 당시 한국 고등학교 재학 중이었죠. 그 영웅 소년이 분명합니다!"

"강민! 맞군요. 그때 그 영웅 강민이 맞습니다!"

"3년 전에 사라졌다는 소식을 들었던 것 같은데 메이저 리그 경기를 보러 갔군요."

"하하, 지금이나 그때나 영웅적인 모습에는 변함이 없군요. 다저스 캐스터들도 히어로의 멋진 등장이라고 칭찬하고 있습니다."

류연진 선수의 인기 덕분에 메인 방송국에서 생방송으로 중계를 하고 있었다.

중계를 하는 캐스터와 해설자들이 강민을 알아보고 반가운 멘트를 날렸다.

"미국에 진짜 갔네……."

"호호, 민이는 대단해요. 가자마자 저런 미인들을 사귀다니."

아무것도 모르는 강 여사가 화면에 나온 강민을 보고 화통한 웃음을 터뜨렸다.

"음……."

"……."

반면 장세아와 장세라의 표정은 딱딱하게 굳었다.

제법 이슈가 될 만한 장면이라 연속해서 방송에 내보내고 있는 장면.

타자가 휘두르다 놓친 배트가 위험하게 날아올랐다.

관중석으로 날아든 배트는 앉은 자세로 손을 뻗은 강민

의 손에 정확하게 잡혔다.

그것도 손잡이 부분을 한 번에.

피하거나 두려워하는 표정은 전혀 없었다.

다른 건 상관없었다.

문제는 비명을 지르며 강민의 품에 파고든 백인 여성이었다.

금발의 미인으로 딱 봐도 늘씬하고 쭉 빠진 빵빵한 글래머였다.

옆에서 놀란 표정으로 바라보는 여성도 강민과 일행으로 보였다.

"제시카… 로엘……."

장세아 입에서 제시카의 이름이 흘러나왔다.

"언니, 한국 고등학교에 근무했다던 제시카 선생님이셔?"

"맞아, 제시카야."

"그런데 왜 민이 오빠가 제시카 선생님과 있는 거야?"

"나도 몰라."

"……."

영문을 알 수 없는 건 세아도 마찬가지.

모른다는 세아의 말에 세라는 다시 텔레비전에 시선을 고정했다.

하지만 이내 지나가 버린 장면.

화면은 야구 경기에 집중하고 있었다.

"강민 씨에 관한 그 소문이 사실인 것 같습니다."

"무슨 소문 말입니까?"

중계는 경기 상황을 비치고 있었지만 해설자들은 다른 얘기를 꺼냈다.

"샌프란시스코 자이언츠에 새로 입단한 선수가 한국인이라는 소문 말입니다."

"그렇습니까?"

"저도 정확히는 모르지만 샌프란시스코 자이언츠 취재 기자들 입에서 스무 살 정도 되는 한국 청년이 입단 가계약을 맺었다는 소문이 돌았다고 합니다."

"그 소문하고 강민 씨와 무슨 관계가 있습니까?"

"모르셨습니까? 강민 씨가 고등학교 재학 시절 150킬로가 넘는 강속구를 던진 한국 고등학교 야구 선수였다는 사실을 말입니다."

"그, 그런 일이 있었나요?"

"모를 수도 있을 겁니다. 단 한 경기만 출전했으니 말입니다."

"한 경기만요?"

"네, 강민 선수가 본래 야구 선수가 아니라 골프 선수였다죠. 야구 선발 투수가 부족해서 급히 투입한 선수가 바로 강민 선수였습니다."

"아! 그렇군요."

"제 예상으로는 자이언츠 구단과 계약을 하기 위해서 찾아온 것 같습니다."

"그런 소문만으로 사실 여부를 확인할 수 있을까요?"

"하하, 윤형진 캐스터가 모르는 제 능력이 하나 있습니다. 그건 바로 사람 보는 눈썰미죠."

"네~ 제가 많이 부족합니다."

"방금 전 강민 씨 옆에 있던 아름다운 미모의 여성을 보셨습니까?"

"네, 당연히 봤죠."

"그 여성의 이름은 제시카 로엘. 바로 새로 떠오르는 대형 에어전트 회사인 로얄그룹 산하 로얄 썬라이징사의 부사장입니다."

"헉! 놀랍군요!"

"류연진 선수의 미국 진출도 썬라이징 회사의 작품입니다. 방금 보았던 제시카 로엘 양이 중간에서 성사시켰습니다."

"오오! 그럼 또 다른 메이저리거를 볼 수도 있겠군요?"

"제 예상은 빗나간 적이 거의 없습니다. 아마도 조만간 강민 씨의 이름을 심심치 않게 볼 수 있을 것으로 보입니다."

박식한 해설자들의 설명.

"뭐야? 민이 녀석 골프 선수가 되려고 미국에 간 게 아니야?"

"어머머~ 민이가 메이저리그 야구 선수가 되는 거야?"

놀라는 장기남과 강영자 여사.

"메이저리거……."

세라의 입에서 맴돌다 흘러나오는 메이저리거.

"좌우지간 못 말리는 청춘이라니까."

고개를 절레절레 젓는 장세아.

언제나 예상을 깨고 일을 벌이는 강민이었다.

도대체 자신의 상상력으로는 녀석의 속을 짐작할 수조차 없었다.

"이거 조만간 우리 가족 모두 다 미국에 초청되는 거 아냐? 민이 녀석이 잘되면 가만있지 않겠지?"

"그 전에 우리가 민이 경기 구경 가요~!"

"그럴까? 메이저리거 선수들은 돈도 많이 번다는데 민이 녀석에서 한턱 쏘라고 해야겠어. 하하하."

한결 기분이 좋아진 장기남과 강영자 여사.

다만 세라의 얼굴은 방금 전보다 핼쑥해져 보였다.

"아빠~! 빨리 시간 잡아요. 방학 때 가면 딱 좋겠어요."

침울해질 대로 침울해진 세라와 달리 당장 장기남을 졸라대는 장세아의 얼굴은 환하게 밝아졌다.

"그래, 민이 녀석이 진짜 메이저리그 선수가 된다면 당연히 가서 응원해 줘야지!"

"어머! 그럼 여권도 갱신해야겠네. 호호호."

"민이가 생활력이 강하니까 그때쯤이면 집도 구해놨을 거예요. 10억 정도면 수영장 딸린 저택에서 살 수 있는 곳이 미국이니까요."

"그래? 그럼 우리도 이번 기회에 미국에 이민 갈까?"

"그건 안 돼요! 난 영어를 전혀 못 한다구요."

"하하, 알았어. 나도 친구 많은 한국이 좋다고~"

장씨 부부는 딸들의 심정은 전혀 아랑곳하지 않고 들떠 농담을 주고받았다.

"학교 다녀오겠습니다……."

"벌써? 밥도 안 먹고?"

"학교에 가서 먹을게요."

"그래? 그럼 기다려라. 아빠가 데려다주마."

조직폭력배들이 지들끼리 싸워 일망타진당한 사건 이후 한결 편하게 지내게 된 장씨 패밀리.

그래도 세라의 등하교는 장기남이 전적으로 맡아하고 있

었다.

"제가 데려다 줄게요."

"너도 가려고?"

"네, 오늘 처리할 일들이 많아서요."

"알았다. 굶지 말고 아침밥 챙겨 먹어."

한국 고등학교는 강남 엄마들이 인정할 만큼 급식이 최고급으로 제공되고 있었다.

굳이 집에서 먹지 않고 가도 부부는 크게 신경 쓰지 않았다.

"이러다 저희만 바빠지게 생겼습니다. 류연진 선수와 주신수 선수에 이어 강민 선수까지 메이저리그 정복에 나서면 매일 근무를 해야 할지도 모르겠습니다."

"하하, 바라던 행복입니다. 기대가 커지는데요."

두 자매의 마음과는 상관없이 한껏 들떠 행복한 해설을 잇는 앵커들.

텔레비전 중계 소리가 세아와 세라의 등 뒤에서 계속 들려왔다.

그렇게 대한민국 장씨 패밀리의 아침이 시작되고 있었다.

'그까짓 거 뭐라고~ 큼큼.'

단 한 번의 제스처로 영웅이 된 나.

류연진 선수의 투구 폼과 호투를 흐뭇하게 지켜보고 있었다.

그사이 자이언츠 선수가 날린 방망이가 내가 앉은 좌석으로 날아들었다.

다른 이들이야 위험하게 느꼈을 만한 상황.

하지만 나에게는 전혀 문제가 되지 않았다.

설악산 양 도사 나에게 저지른 무수한 암기들에 비하면 아무것도 아니었다.

그에 비하면 솜방망이 수준의 습격.

가볍게 손을 뻗어 날아든 방망이를 잡았다.

그것도 정확하게 손잡이 부분을.

그때 옆에 있던 아만다가 놀라 내 품에 파고들었다.

웬 떡인가 싶었다.

품에 안긴 아만다에게서 느껴지는 탱탱한 몸의 느낌.

놀라 바들바들 떠는 아만다의 쿵쿵거리는 심장의 진동까지 전해졌다.

그 정도까지만 해도 보너스 선물로 충분하다고 생각했다.

그에 더해 나의 영웅적(?) 모습이 방송국 카메라에 잡혔다.

전광판을 비롯해 대한민국 방송에까지 그대로 보내졌다.

나를 중심으로 주변 관중석도 난리가 났다.

날아오는 방망이를 맨손으로 손잡이를 정확하게 잡자 나를 쿵푸 보이 보듯 했다.

처음 보는 나를 환호하며 호들갑을 떨고 박수를 쳐댔다.

아주 잠깐이었지만 제대로 영웅놀이를 즐겼다.

그뿐만 아니라 펜트하우스로 돌아오는 동안에도 흥분은 계속되었다.

아만다 혼자라서 문제였지만 말이다.

생명의 은인이니 뭐니 하며 자신을 영원히 보호해 달라며 떼를 썼다.

어느 정도 대응을 해주다 나는 가볍게 웃으며 제시카에게 바통을 넘겼다.

그런 나의 마음을 알고 제시카는 펜트하우스에 도착하자마자 아만다를 방으로 안내하고 나에게 휴식을 주었다.

"야경 좋네……."

휘이이잉.

수영장이 있는 바깥으로 나와 LA의 야경을 즐겼다.

강남의 스타원룸 옥상에서 맛보았던 밤 풍경은 아무것도 아니었다.

서울도 제법 큰 도시였지만 LA는 차원을 달리했다.

강남 쪽에만 몰려 있는 우뚝 솟은 주상복합 건물들.

LA의 풍경은 강남과 많이 달랐다.

도시 중심부에 위치한 제시카의 펜트하우스.

다른 곳들은 고층 건물이 없었다.

제시카의 말에 따르면 이곳만이 암반 지대라 고층 건물이 들어설 수 있었다고 했다.

다른 곳은 지반이 약해 지진 대비를 위해 건물을 높게 건축할 수 없다는 것이다.

"시원하다!"

건물들 바로 옆으로 넓은 도로가 흘렀다.

밤이 깊어지자 속도를 높인 차량들의 불빛이 장관을 이루었다.

반짝반짝.

마치 빛의 강물이 흐르는 듯했다.

고층 건물들 상단부에서 빛나는 현란한 간판들.

제시카의 펜트하우스 바로 아래에도 간판이 걸려 있었지만 정경을 망치지는 않았다.

"내일부터 본격적인 시작이군."

아침이 밝으면 자이언츠 관계자와 함께 지정 병원에서 메디컬 테스트를 진행하게 된다.

며칠 기다릴 것도 없이 곧 결과가 나오게 되면 저녁쯤엔

무리 없이 정식 계약을 맺게 될 것이다.

고등학교 시절과는 달리 정식으로 얻게 되는 프로라는 이름.

결코 가볍게 여길 수 없었다.

누군가의 돈을 받고 움직인다는 것은 돈값을 해야 한다는 의미였다.

양 도사가 나에게 보인 사기 갈취와는 다른 거래.

내 능력껏 벌어먹어야 하는 세상이었다.

나의 이름 두 자를 걸고 나아가는 만큼 대한민국의 명예도 달려 있었다.

쉽게 얻는 것 같지만 결코 쉬운 길이 아니었다.

그 누구도 없는 나 혼자의 길.

최대한 세상을 유쾌하게 살아내기 위해 노력했지만 그간 내가 보낸 시간들은 결코 만만하지 않았다.

20년이 전 생애인 나.

양 도사와 보낸 시간 역시 결코 짧지 않았다.

"샌프란시스코라……."

LA 다저스와 같은 서부 지구 라이벌.

내심 그곳 생활이 기대됐다.

미국에서 가장 큰 차이나타운이 있는 곳.

내가 알기론 1848년 골드러쉬 덕분에 인구가 1년 만에

50배가 늘었다고 했다.

샌프란시스코라는 작은 어촌 마을.

멀리 중국 광동성의 중국인들과 호주 개척자들이 금을 따라 바다를 건너왔다는 황금 열풍의 근원지다.

그곳이 나의 첫 번째 둥지를 틀 곳이다.

"인생 참 바빠……."

아직은 스무 살 어린 나이였지만 뒤돌아보면 되새길 만한 건더기들이 꽤 있었다.

나는 고아로 남은 한 소년의 인생 성공기를 쓰고 있는 것이다.

과연 사기꾼 도사를 만나 6년을 보낸 시간마저도 추억이라고 말할 수 있는 이 시간.

"전진! 지금은 오직 전진뿐이다!"

돌아본 과거가 대단한 것도 아니고 그립지도 않았다.

단지 나에게 남은 목표는 오직 전진.

후퇴라는 말은 결코 나와 어울릴 수 없었다.

내가 꿈꾸는 나의 세상을 위해서라도 말이다.

까아아아아아앙!

쉐애애애애애!!!!

퍼억!

드르르륵.

넓은 실내 공간에 설치된 첨단 골프 연습장.

어설프게 아무 곳에나 설치가 가능한 스크린 골프장 따위가 아니었다.

전면은 물론 사방을 둘러 완벽하게 실제 필드처럼 보이게 만드는 3D 연습실.

시합에 임하는 자세 이상으로 온 힘과 정신을 쏟고 있었다.

정식 게임도 아니었지만 경기에 몰두했다.

머리를 뒤로 질끈 묶고 벌써 두 시간째 계속되는 연습 게임에 땀으로 범벅이 돼 있었다.

뚝뚝.

이마를 타고 흐른 땀방울은 바닥에 자국을 남겼다.

몸에 착 감긴 골프웨어.

몸매를 그대로 드러내는 차림으로 골프채를 휘둘렀다.

"다, 단비야, 이제 그만하자."

털썩.

야구장에서 강민을 보고 비버리힐스에 있는 단비 집에 도착한 두 사람.

전광판을 가득 채운 강민의 등장.

이후 단비는 계속 멍한 채로 야구만을 보았다.

당장 일어나 강민이 있는 곳으로 가지 않았다.

경기가 끝날 때까지 강민이 앉아 있는 곳을 시선을 두지도 않았다.

잠깐씩 눈을 감거나 먼 곳으로 시선을 돌렸다.

뭔가 골똘히 생각에 빠져 있었지만 다혜는 묻지 않았다.

그리고 집에 도착하자 아무렇지 않은 목소리로 스크린 연습 게임을 제안했다.

다혜는 거절할 입장이 아니었다.

이미 전광판에 강민의 모습이 보이던 그 순간부터 가시방석 그 자체였다.

차라리 미국이 아니라 한국이었다면 나았을지도 모른다.

"그럴까?"

스윽.

의자에 놓여 있는 수건을 들어 이마의 땀을 닦는 손단비.

평소와 다른 게 아무것도 없었다.

다만 새카만 눈동자가 더 깊숙이 가라앉았을 뿐.

"야! 손단비!"

그 모습을 지켜보던 다혜가 버럭 소리를 질렀다.

"왜? 배고파? 야식 먹을까?"

갑자기 큰 소리를 치는 다혜를 향해 시원한 미소를 날리는 단비.

"단비야, 우리 친구 맞지?"

"응."

"그럼 솔직하게 까놓고 말하자. 오늘 전광판에 보였던 그 머저리가 강민인 거 알고 있지?"

야구장에서부터 이 순간까지 두 사람 다 강민의 이름을 언급하지 않았다.

직접 그의 이름을 묻거나 확인하지 않았던 두 사람.

도저히 참을 수 없게 된 다혜가 먼저 입을 열었다.

"…알고 있어."

"그럼 지금 우리가 여기서 드라이버를 무식하게 휘두를 게 아니라 집에서 와인이라도 한잔하며 청승 떨어야 정상 아니야? 3년 동안이나 기다렸던 놈이 딴년을 품에 안고 야구장에서 떡하니 CF 찍었는데 넌 아무렇지도 않아? 손단비, 니가 내 친구지만 진짜 무섭다……."

고개를 절레절레 저으며 단비의 무반응을 비난하는 다혜.

사실은 그게 아니라는 걸 너무 잘 알고 있어서 더 괴로웠다.

누가 봐도 오늘의 사건을 이런 식의 반응으로 넘길 수는 없었다.

다혜는 몇 번을 생각하고 또 생각했다.

당장 강민에게 달려가 뺨 싸대기를 후려 갈렸어야 했다.

그래야 속이 좀 시원하게 풀렸을 것이다.

하지만 단비는 자리에서 꿈쩍도 하지 않았다.

묵묵히 앉아 망부석이라도 되는 양 생각에 젖어들었다.

그리고 집에 와서 고작 한다는 소리가 연습 게임이라니.

"무슨 사정이 있겠지."

"뭐, 뭐라고? 사정?"

단비의 조용한 한마디에 다혜는 놀라다 못해 경악하고 말았다.

"야!!! 손단비! 강민 그 자식 너 놔두고 바람 폈어! 3년 동안 연락 한 번 없던 놈이 미국까지 기어 들어와서 금발 여우에게 홀랑 넘어간 거 보고도 몰라!!!"

단비의 일이 아닌 자신의 일인 듯 광분하는 다혜.

"아닐 거야, 그리고……."

"그리고 뭐!"

잠시 머뭇거리던 단비.

"사실… 민이와 나 아무 사이도 아니잖아."

"헐… 그걸 지금 말이라고 해? 그럼 지난 3년 간 니가 보였던 그 길고 긴 기다림은 뭐라고 설명할 거야? 지금이 이조 시대도 아니고 열녀문 하나 떡하니 세울 정도로 지고지순한 순정파 기다림으로 인내하던 네 감정은 뭐냐고!"

3년 동안 지켜보며 참았던 바가지를 한꺼번에 긁기 시작한 다혜.

다다다 총질을 해댔다.

'손단비, 너 진짜 물건이다.'

대신 소리라도 지르지 않으면 단비가 어떻게 돼 버릴 것만 같았다.

도대체 자신의 상식으로는 이해할 수 없는 단비의 모습.

분명 지난 시간 동안 단비가 보인 것은 죽고 못 사는 연인을 기다리는 모습이었다.

언제나 다시 만날 수 있을까 설렘을 간직한 기다림.

그런데 이제 와서 아무 관계도 아니라고 부정하고 있었다.

"좋았으니까."

"뭐, 뭐라고! 좋았으니까? 그게 전부야?"

연속 터지는 크리티컬 충격파.

"더 뭐가 필요해. 민이는 모르겠지만 난 민이가 좋았어. 그래서 기다린 거야."

"……."

군더더기도 없이 간결한 단비의 대답.

"단비야, 니가 뭐가 아쉬워서 그런 천하의 바람둥이 같은 놈을 좋아해? 얼굴 좀 잘나고 능력 특출하면 뭐해. 천하에 모든 여자들의 공적으로 만들어도 쌀 아주 몹쓸 놈인데!"

피식.

다혜가 방방 뛰는 모습을 보면서 단비가 피식 웃음을 흘렸다.

"그 웃음의 의미는 뭐야! 지금 내 말이 틀리단 말이야!"

이제는 대놓고 씩씩 대는 은다혜.

"귀여워서~"

"내, 내가 귀여워?'

"다혜야……."

다혜를 부르는 단비의 목소리가 낮게 깔렸다.

"왜!"

말이 통하지 않는 단비를 보며 속이 터지는 다혜가 퉁명스럽게 대답했다.

"누굴 좋아하는데 이유가 있으면… 그게 진짜 좋아하는 걸까?"

혼잣말처럼 내뱉는 단비의 말.

툭 던지듯 말하고 있었지만 그 무게는 괜한 발등을 찍힌 듯 아팠다.

"이유야 없겠지만 이왕이면 좀 잘나고 능력 좋고 집안도 뛰어나면 완벽하지. 리무진 탄 왕자님을 싫어할 여자가 세상에 어딨냐~"

평범한 다혜의 대답이 이어졌다.

다혜는 차라리 단비가 마구마구 소리치며 욕을 하기를 바랐다.

그럼 자신이 조금은 덜 미안할 수 있을 것 같았다.

"난 아니야, 민이는 처음 볼 때부터 그냥 느낌이 좋았어. 그리고 함께 있으면 편안해지고 심장이 혼자 막 뛰었어. 얼굴도 빨개지고. 민이를 생각하면 자다가도 웃음이 나왔어. 그래서 생각했어. 그냥 민이의 모든 게 좋다고……."

"병이다……."

"그 기억만으로도 난 행복했는데 더 바라면 나 욕심쟁이 아닐까? 민이가 나에게 무얼 요구하지 않았는데 내가 민이를 좋아한다면, 확인도 안 된 일에 화부터 낸다면, 그게 더 바보 같지 않을까?"

"……."

다혜는 단비의 논리정연한 말에 말문이 막혔다.

어떤 식으로든 강민에 관해서는 나쁘게 말한 적이 한 번도 없었던 단비였다.

"그건 아니라고 봐. 내가 알고 있는 민이는 그렇게 매정한 사람이 아니야. 어떤 이유가 있을 거야. 그리고… 민이가 날 잊어도 좋아. 3년의 기다림 또한 내가 선택한 거고 나름 추억이 남는 행복한 시간이었어."

단비의 진심이었다.

이미 눈빛에 담긴 진실.

"졌다… 졌어. 그래 단비 니 마음대로 해. 내가 니 인생 살아주는 것도 아니고… 에효."

방방 화를 내던 다혜도 이내 길게 한숨을 내쉬며 손을 들었다.

단비의 곧고 강인한 성격은 익히 다혜도 알고 있었다.

누가 뭐라 해도 자신이 믿는 것을 끝까지 믿는 단비.

고집이라고 할 수도 있었지만 단비가 자신을 지켜내는 신념 같은 것이었다.

강민에 대해서도 단비의 그런 신념이 발휘됐다.

'강민, 이 발정 난 개만도 못한 놈! 저런 착한 단비를 놔두고 바람을 펴? 단비는 용서할지 몰라도 난 용서 못하겠다! 대한민국 모든 여성을 대표해서 너를 지옥에 처넣고 말겠어!'

마음 쏨쏨이 하나하나가 비단결 같은 단비의 말을 듣고 나서 다혜의 분노는 다시 타올랐다.

아무리 머리를 굴려봐도 이해가 가지 않았다.

설악산에서 기어 나왔다면 가장 먼저 단비를 찾았어야 그림이 됐다.

찾아올 수 없었다면 전화 한 통 정도는 했어야 했다.

그런데 두 가지를 모두 건너뛰고 미국에서 연애질을 하고 있었다.

그럴 거라면 대한민국에 콕 처박혀 있을 것이지, 미국까지 건너와 삼류 로맨스를 찍느냔 말이다.

"다혜야……."

"왜! 세상에 둘도 없는 바보 친구야!"

"그래도 오늘은 와인 한잔하고 싶다……."

"……!!"

"미국에서는 불법이지만 같이 마셔줄 수 있지?"

서로 아는 만큼 위로할 수 있어야 했지만 지금은 그 어떤 말도 위로가 될 수 없었다.

그 사실을 잘 아는 다혜가 연신 고개를 끄덕였다.

"무, 물론이지……."

"들어가자……."

"어……."

아무리 강하게 마음을 다잡는다고 해도 단비 역시 여린 마음의 소유자였다.

기어코 와인 한잔하자는 단비의 쌉싸름한 제안에 다혜의 마음은 더 아파왔다.

'너도… 사랑 앞에서는 바보구나.'

아직 누군가를 절실하게 사랑해 보지는 않았지만 계절이

바뀔 때마다 정처없이 이성이 그리운 다혜였다.

이쯤 세상에 돌아다니는 진리 한 구절이 떠올랐다.

사랑 앞에서는 누구를 막론하고 바보가 된다.

사랑이 사라지지 않는 한 전설이 되고 말 삶의 진리였
다.

사박사박.

손에 든 수건으로 이마의 땀을 닦으며 앞서 걷는 단비.

평소였다면 당당하고 멋지게 걸음을 옮겼을 그녀의 야윈
뒷모습.

'에휴…….'

단비의 뒷모습을 바라보며 걷던 다혜가 자신도 모르게
한숨을 몰아쉬었다.

지난 3년을 지켜봐 왔다.

그 시간보다 지금이 더 캄캄하고 앞이 보이지 않는 듯했
다.

3년이란 시간 동안 강민을 기다려 온 단비에게서 단 한
번도 본 적이 없는 모습.

단비의 깊은 슬픔이 등 뒤에서 느껴지고 있었다.

누가 뭐라 해도 가장 아플 단비의 마음.

다혜는 단비가 애써 웃는 이유를 누구보다 잘 알고 있었
다.

스치듯 바라본 단비의 깊은 눈동자는 이미 젖을 대로 젖
어 있었다.

더 깊고 캄캄하게 진한 눈물을 머금고 있었다.

『마스터 K』제18권에 계속…

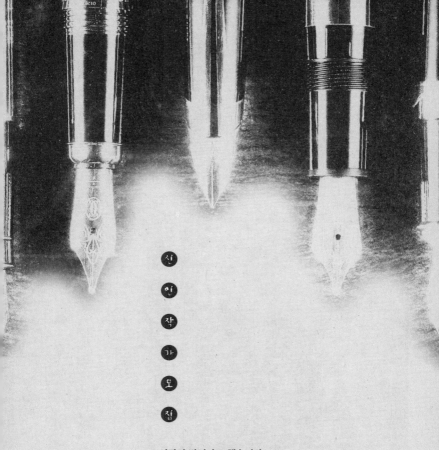

신 인 작 가 모 집

시작이 반이라고 했습니다.
작가의 길에 대한 보이지 않는 벽을 과감히 깨뜨리십시오!
청어람은 작가 지망생 여러분들의
멋진 방향타가 되어드리겠습니다.

저희 도서출판 청어람에서는
소설 신인 작가분들을 모집합니다.
판타지와 무협을 사랑하시는 분들의 많은 참여를 바랍니다.
소정의 원고(A4용지 150매)를 메일이나 우편으로 보내주시면
검토 후 출판 여부를 알려드리겠습니다.

주소:경기도 부천시 원미구 심곡2동 163-2 서경B/D 2F 우편번호 420-822
TEL:032-656-4452 · **FAX**:032-656-4453
http://**www.chungeoram.com**
e-mail:chungeoram@chungeoram.com

허담 新무협 판타지 소설

FANTASTIC ORIENTAL HEROES

수선경

작은 샘이 바다로 모여들 듯,
만류의 법이 하나로 회귀하듯,
다섯 개의 동경이 드디어 하나로 모인다.

검을 만드는 사람과
검을 쓰는 사람,
그리고 검을 버리는 사람의 이야기!

천명을 타고 태어난 **청풍**과 **강검산**
그리고 혈로를 걸어온 살수 **타유**,
그들이 다섯 줄기의 피의 숙명과 마주한다.

Book Publishing CHUNGEORAM

가즈 나이트 R

이경영 판타지 장편 소설

이제는 그 전설조차 희미해진 옛 신계, 아스가르드.

그 멸망한 신계의 전사가 새로운 사명을 품고 다시금 인간들의 곁으로 내려온다.

렘런트라는 이름의 적들, 되살아나는 과거,
그리고 가치관의 차이.
그 모든 것들과 맞서 싸우려는 그녀 앞에 신은 단 한 사람의 전우를 내려준다.

그는 붉은 장발의, R의 이름을 가진 남자였다!

초대작 「가즈 나이트」의 부활!
신의 전사들의 새로운 싸움이 지금 시작된다!

Book Publishing CHUNGEORAM

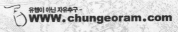

유행이 아닌 자유추구 -
WWW.chungeoram.com

CASTLE OF ANOTHER WORLD

강한이 장편 소설

이계 마왕성

『이계만화점』의 작가 **강한이**가 돌아왔다.
그가 전하는 신개념 마왕성의 이야기!

가족을 잃고 더부살이로 받던 설움을 떠나
서울로 상경해 우연히 얻은 셋방
그곳 지하실에서 채빈의 불행한 인생이 뒤엎어진다!

이계마왕성!

그곳에서 배워라, 지혜가 되리라!
그곳에서 얻어라, 내 것이 되리라!

마왕이 아니다. 마왕성을 이용하는 현대인일 뿐.

마왕성의 사나이, 그가 이제 날아오른다!

Book Publishing CHUNGEORAM

요람 新무협 판타지 소설
FANTASTIC ORIENTAL HEROES

귀환병사

국내 최대 장르문학 사이트를 휩쓴 화제작!
여름의 더위를 깨뜨리며 차가운 북방에서 그가 온다.

『귀환병사』

열다섯 나이에 북방으로 끌려갔던 사내, 진무린
십오 년의 징집을 마치고 돌아오다.

하지만 그를 기다린 것은 고아가 된 두 여동생, 어머니의 편지였다.
그리고 주어진 기연, 삼륜공……

"잃어버린 행복을 내 손으로 되찾겠다!"

진무린의 손에 들린 창이 다시금 활개친다.
그의 삶은 뜨거운 투쟁이다!

Book Publishing CHUNGEORAM

유행이 아닌 자유추구-
WWW.chungeoram.com

아르벤드
연대기
Chronicles
of
Arcbend

몽연 판타지 장편 소설

FANTASY FRONTIER SPIRIT

아르벤드 대륙의 진정한 역사가 시작된다!

『아르벤드 연대기』

골육상잔을 피하려 황궁을 떠난 비운의 황자 탄트라.
그러나 그를 기다린 건 어쌔신의 습격과 마수가 가득한 숲.

모든 것이 무너져 버린 그에게 악마가 찾아온다.

고향으로 돌아가길 바라는 악마, 아크아돈.
자유를 꿈꾸는 황자, 탄트라.

두 영혼이 하나가 되어 새로이 눈을 뜬다.

탄트라의 행보를 주목하라!

WWW.chungeoram.com